每天早上和你一起醒来

Wake Up Every Morning with You

蔡要要 × 五十块 作品

作家出版社

我并不是在无病呻吟，恰恰相反，那时候的我真的生病了，虽然可以治愈的希望非常的大，但还是给了我一记重拳。我总是在结束治疗躺在床上的时候想，为何偏偏就是我呢？我还有那么多关于爱情和光荣的梦没有做，还有那么多关于幻想和未来的故事没有去亲自写，这一场突如其来的病，只能让我顶着光头、穿着宽大的睡衣坐在家里，离所有的爱和幻想远远的。

那段时间我很害怕照镜子，没有头发的自己的样子确实不敢恭维，加上因为治疗，蜡黄的脸色怎么看怎么都算不上美丽。正好又是冬天，南方阴冷的室内总觉得有穿堂风刮得头皮生疼。我在淘宝买了一顶软帽，上面还缝着一朵小小的羊毛毡的花，每天睡前我都轻轻地抚摸那朵花一下，这样也能凭空多生出一点勇气。我想我还是要写故事的，不能因为生病就放弃。那段时间，除了去医院，有空我就在网上写一些天马行空的爱情故事，把我所有关于爱情和未来的恐惧与希望都写进去。写着写着，似乎之前的沮丧也消失了很多，也慢慢地会有一些朋友来看，这很能鼓励人，后来我想，多亏了我重新开始写，不然真不知道怎么熬过那段寂寞又艰难的时光。

有天我发布了一个小小的故事，是写一个女孩有了精神分裂，分不清自己到底是处在甜蜜的爱情里，还是残酷的现实中。发完后两天，有个网友给我留言说，很喜欢你的这个故事，我用男主的视角也写了一篇，希望你喜欢。哈，还有这种事情，我点进去一看，女主在这个视角里被男主好好地保护着，以女主不知道的方式。最后他写道：我轻轻地对你说，有什么事儿，我都会照顾你的。我有一点被打动，觉得自己小小的心思似乎被一个陌生人看穿了。但是这件事也就这么过去了，我继续每天家和医院两点一线，继续有精力的时候写一点小故事慰藉自己。

我想，生活是不会有什么改变的。

有天早上起来我打开经常写东西的网站，看见一封私信躺在我的收件箱里。是那个和我一起写故事的网友，他说，嘿，你好，我很喜欢你，做你的男朋友你觉得怎么样？

我自然是惊呆了的。但是，一种强烈的直觉告诉我，这个可爱的男孩，是一个很好的人。我从来没有干过这么疯狂的事情，可是，这次我却想试试。我想了一会儿，回答他：好呀！

我想的是，事情不可能再糟糕了，我为什么不做一件相信自己直觉的事情呢？

这个人应该是娃娃脸，戴着眼镜，笑起来很温暖的样子，他一定是个不错的对象，我坚持自己的第六感。他也惊呆了，他说自己从来没有想过如此没头没脑的表白居然能换来对方的同意。我们忙碌起来，要赶紧做自我介绍，赶紧交换照片，赶紧把自己不太长的一生向对方做个简单的交代。我有点忐忑地告诉他我生病了，而且还是个小光头，他满不在乎地说，那又怎么样，你那么可爱。我在电脑前哈哈大笑，但还是对这场可能见光死的感情忐忑不安，毕竟这种看起来很浪漫的网恋，鬼知道结果会怎么样呢？加上我还在生病，又有什么资格去要求未来。我自嘲一般地说，我是个小光头，如果我们接吻，你会不会笑场啊？他正色回答我：我会忍住的，毕

I U - P A I

竟是自己选的女朋友，笑着也要亲完！

我终于又笑了起来，在生病以后第一次对爱这件事情又产生了隐隐的期待。这个决定挺棒的呢，但是那晚睡觉之前，我在照镜子的时候还是会感觉到有一点失落。我是一个小光头，是一个暂时对任何未来都无能为力的病人。不过我转头又想，即使是一个健康的人，对未来不也是只能期待不能掌控的吗？于是我高高兴兴地入睡了，还做了一个挺不错的梦。我当时想，万一我就是那个运气很好的人呢。

第二天起来的时候，他给我发来信息说，嘿，我已经从北京来看你了，快开门吧。

什么！

我一下从梦里跳起来。我既没有洗脸，也没有打扮，衣柜里没有好看的裙子，我刚刚睡醒，双眼蒙眬，连牙齿都没有刷呢。他站在我家门口，和我想象中的一样，娃娃脸，戴着眼镜，笑起来很好看。他说，你好，要要。我说，你好，男朋友。

我带他去我读书的小学、中学，一起去吃路口的米粉，那种熟悉的感觉，就好像我们已经认识了一百年那么久。他小心翼翼地问我：要不要和我一起去北京呢？我想和你的故事里写的一样，不管在你睡着还是醒来的时候，都能好好陪在你身边。

我几乎没有犹豫，就又一次说道：好呀。

果然运气就是这么好。

于是，接下来的故事就和每一对热恋的情侣一样，顺其自然地发展下去了，任何一点琐碎的小幸福都足以开心好几天。我们一起躺着看电影的时候，他会忽然把我按进被子里死死盖住，然后坏笑着说，我放了一个很臭的屁。接吻的时候，他也会忽然停下来看着我笑出声，我惊慌地一摸，原来是我的假发歪掉了，这真是令人尴尬的一幕啊，但是他满不在乎地直接摘掉我的假发，摸着我刚刚长出短短头发的毛刺头说，这样也很好看呢，不然就不要戴假发啦。

因为身体还在恢复期，我依然在家里休息。他工作其实挺忙的，上班离住的地方也远，很多时候我们一整天都不能一起吃上一顿饭。于是我做了一个伟大的决定——每天早起给他做早饭，这样不管怎么样，我们每天至少都能共进一餐。

就这样，我每天开始想破了头，给我们做不一样的早饭。云吞水饺、煎饼面条、面包牛奶，换着花样和组合各来一遍。有时候他吃得满脸笑容，有时候刚吃第一口就苦了脸。但是每天早上，我们都一起吃完早饭，然后我对出门上班去的他说，晚上再见啦。他也会拥抱我一下，对我说，晚上再见啦。因为当时身体还有一些治疗留下来的后遗症，我很害怕感冒，体质也很虚弱，有时候还会莫名其妙地浑身酸疼。每当这种时候，我都害怕这样的自己会显得非常脆弱，也害怕他会觉得烦恼。可是他每次都对我说，BB你就好好地当一个病人吧，谁没有生病的时候呢。我也就坦然下来了，并且相信生病不是我的错，踏实地让他照顾我和爱护我。

日子一天天地好起来，接下去的几次检查医生都说我恢复得非常好。我们养起了猫，依然那么相爱，我经常会想，日子真的没法儿更幸福了。有一天，我们躺在沙发上，他忽然说，要要，不如我们结婚吧！我回头看到他亮晶晶的眼睛，又一次几乎是下意识地说，好呀！

在做出这个决定的时候，我们只觉得一帆风顺。爱情是那么重要的一件事，又有什么能难得倒我们呢？

可是，当他向父母宣布我们要结婚的时候，遭到的却是非常一致的反对。理由其实异常简单，就是我的身体不是很健康，这可能会给他带来很大的负担。那天他给家里打完电话，非常少见地站在阳台上抽了很久的烟，要知道他平时是很少抽烟的，我想，那一刻他心里肯定很苦恼。等他进来的时候，我轻轻地说，如果觉得很为难，我们其实也不用这么早计划结婚的事。虽然我嘴上这么说，但是心里还是有些委屈的，实在憋不住，我偷偷跑进厕所掉了眼泪，出来的时候眼睛都肿肿的。他久久地凝视我，握着我的手，虽然我们都没有说话，但我知道他手心传来的温度是在给我力量。

第二天我们去了北京动物园看熊猫。那天的风有一点点大，他一直把我的手揣在他的大衣口袋里。我想，连熊猫这么呆萌的动物都能活到现在，被人类好好地保护起来，我们也没有什么好怕的。回去后，我忙着煮晚饭。正在厨房忙碌的时候，他忽然冲过来紧紧地搂住正在切土豆的我，小声地问，要要，你会不会不高兴呀？我转过身去，看着他的眼睛很认真地问，你会因为我身体不好就不爱我吗？他使劲摇了摇头，把我抱得紧紧的，说，我们等所有人都不反对的时候就结婚好吗？

好，那就按你这样说的办好了。

大概是相爱的人运气总是那么好，事情很快就有了转机。有一次，他给家里打了一个长长的电话，他爸爸听完他坚定的话之后，终于点头默许了我们在一起。我得意地对他说，你看，我就说我们很幸运吧！他也激动地拿出手机看日历，说让我看看哪天是黄道吉日，我们可以去领红本本啦！

领结婚证那天，我们本来计划得很完美，要先找一家美发店好好做个发型，然后换上最好看的衣服，他要穿衬衫，我要穿上红色的连衣裙，当然还要化一个美美的妆，让结婚证上的照片看起来就是一对俊男靓女……

可是，幻想是美好的，现实却是残酷的。我们吃完早饭后，发现刚才的雄心壮志已经没有了，他小心地问，要不就不折腾了，我们直接去把证领了吧。我马上点头，想到还要美发化妆，我也没了力气。于是我们两个脸没有洗、嘴角还油光可鉴的人，就这么打上车直奔民政局了。

过程异常顺利。那天民政局的人很少，我们领表、照相、提交户籍证明，然后听到工作人员啪啪两下，在我们的结婚证上盖上了两个大红章。于是，我们就合法了！虽然结婚证上的照片惨不忍睹，丑得人神共愤，但是从民政局出来的那一刻，我们还是觉得兴奋极了，我开心地喊他，老公！他也开心地喊我，老婆！我们就这么傻呵呵地喊了一路，好像怎么也喊不够似的。

更加奇迹的是，因为生病，本来我以为自己怀孕会非常不容易，没想到的是，婚后很快我们就有了自己的宝宝。检查下来宝宝也很健康，医生说可以考虑生下来。我有一点害怕，毕竟孩子来得太突然，当我问他的时候，他坚定地说，当然要生下来，这是我们的宝宝！我激动地看着他，说，那，你要当爸爸咯！他温柔地看着我说，嗯！

我们紧锣密鼓地决定了婚后要离开北京回厦门生活。他信心满满地说，到一个环境更好的地方，你身体也会更好。等宝宝出生，我们可以一起推着婴儿车去海边散步，真是太棒啦。

我们依旧是幸运的，还没有离开北京就找到了回去厦门的工作，和我最好的朋友一起经营我们喜欢做的事情。我有点难以置信地对他说，遇到你之前，我从来都没有想过，自己的生活也会像故事一样。

我，实在是太幸运了。

目 录

contents

PART I 遇见你 之前 也要 好好吃饭

Morning!
北京

PART 2

PART 3 海风吹醒了厦门

PART 4

请和我们一起醒来

1
我们认识的第一天
你说
我下的面条是全世界最好吃的

2
我们认识的第三天
我带你去吃我最爱的早餐
我们抬起头的时候
碗一起空了

3
我们认识的第七天
你拉着我的手走进一家小店
大声对老板说
热干面
两碗

4
那天
我听到了一句最动听的情话
这个好吃
都留给你

PART I

遇见你之前 也要好好吃饭

Wake Up Every Morning With You

每当我醒来的时候 / 都只有一个念头 / 饿啊

想把油条浸了豆浆 / 想把茶叶蛋剥得光溜溜 / 想把面条吸得嗦嗦响
想把包子给掰开 / 只吃馅儿 / 或者只吃挨着馅儿的那一层皮

要是有个你 / 和我一起吃 / 那就太妙了

CHAPTER
01

湖南人早上都吃「**米粉**」

今日菜单
Today's Menu

青椒炒肉米粉

做法
Skill

骨汤做底，米粉烫熟，加入青椒炒肉、香葱、生抽和酸豆角，味道好得可以微笑一整天呢。

蔡要要 by CAI YAO YAO

大概每个小孩子都不喜欢吃早饭。

我八岁之前觉得，吃早饭太没劲了，吃完早饭就必须去上学了，不像午饭，可以和大人在饭桌上聊天，也不像晚饭，可以就着动画片一起吃。而且，早饭总是包子馒头、稀饭豆浆、大饼油条，有时候甚至是昨晚的剩饭剩菜和在一起加水煮煮，实在是太敷衍了。

八岁开始，我进入了人生的重大转折，那就是我有零花钱了！这意味着我可以不用在家吃早饭，而可以和其他小朋友一样，在口袋里装一点钞票，豪爽地走进早餐铺子，下馆子吃！这真的是太酷了，几乎可以媲美第一次把钥匙挂在胸前的酷。

那个时候，最流行的早饭就是米粉，因为每个湖南人都爱吃米粉。米粉这种早餐是没法儿在家吃的，必须要去米粉铺子。汤头得是熬了一整晚的大骨汤，撇去了浮沫，清澈但是鲜美，肉骨头的骨髓也融在汤里，比在家用清汤当汤头要更有滋味。然后就是浇头，湖南人叫作码子，那时候的码子不多，一般就是肉丝和牛肉两种，炒得油油的，漂着厚厚的诱人的红汤。最具吸引力的是米粉铺子里还有各种小菜，酸豆角、酸萝卜、酸菜、腌泡菜，每样都是免费的，可以满满地放进米粉里，那个味道，真是好吃得要勾魂。

小孩子一般是吃迷你碗，不能堂食，只能端着边走边吃。迷你碗一碗只需要一块钱，加上小菜也是可以吃得肚皮圆圆。上学的路上，就会形成这样一道很壮观的风景，每一个脖子上挂着一串儿钥匙的小学生，都端着一碗米粉边吃边走，时不时停下来，窸窸窣窣地喝一口汤，然后用手背擦一擦嘴角的油，又继续满足地往学校赶着。

后来上了初中，就可以吃那种瓷碗装的米粉了。约上几个住得近的同学，每个人要点不一样的码子，大家就能换着吃。米粉嗖的一下滑进胃里，边吃边交流昨天的作业和痛骂老师，一顿早饭就是一次友谊的升华。吃饱了米粉去上课，胃里有了好吃的，学起来也比较有力气。有时候上完早自习打一个嗝儿，还能有刚刚吃完的辣椒炒肉码子的米粉味道，回味无穷。

等我再大一点，米粉的种类就更丰富了，除了传统的排骨、牛肉，又多了各种码子，像是猪肚、三线、鸡杂、鳝鱼一应俱全，后来听说还有一百多一碗的海参、鲍鱼米粉，豪华得不像早餐。现在的我，虽然每年只能回家一次，但每次到家的第一个早上，我还是要起个大早，走到以前最原始的那种米粉铺子里，对忙着烫粉的老板说一句，肉丝粉，一碗！

因为我们湖南人，早上都要吃米粉。

PART - I

遇见你　之前
也要 好好吃饭

- 005

M I - F E N

CHAPTER 02

妈妈的「面条」

今日菜单 *Today's Menu*

家常捞面

做法 *Skill*

面条煮好，
拌上剁椒、猪油、酱油、香菜、豆芽，
很有满足感的一顿早餐哦。

五十块 —— *by WU SHI KUAI*

我很讨厌回答同学录上“你最喜欢的 × × 是什么”这样的问题。我曾经尝试过总结出最喜欢的东西清单，以免我再被问到这一题的时候，不至于因为自己不知道要如何回答，而让一本同学录在我手上耽误太长时间。但后来我发现这样并不奏效，因为我喜欢的东西总是变来变去。上周最喜欢的歌曲是《双截棍》，下周可能就会变成《半岛铁盒》。所以，十本同学录上我有可能写下了十个完全不相同的最喜欢。但，有一个最喜欢的东西在清单上到现在都没有变过，那就是我最喜欢的食物——妈妈做的面。

小的时候我觉得方便面是世界上最好吃的面。那时候的泡面还是正方形，开水一烫，反盖上一个碗，等上五分钟就是一碗好面。爸妈和姐姐吃饭，我就吃面。妈妈笑我，方便面有什么好吃，吃来吃去味道都一样，也不新鲜。我不以为然，说，我要像安藤百福说的那样，健康吃到一百岁。

后来等我稍稍大些的时候，电脑慢慢开始普及，家里也添置了第一台电脑。那时候，我沉迷于“江湖”这样的论坛不可自拔，常常耽误了吃饭的时间。叫不动我吃饭，我妈也不恼我，只说，我给你煮碗面。我生怕妈妈麻烦，挥手说不用啦，我待会儿自己弄。可是，过不了一会儿，她就会端着煮好的面放到我面前。一碗鸡蛋葱花面，冒着热气，用筷子挑起来的时候，鸡蛋、葱花还有面能一筷子送到嘴里。我一口一口地吃完，当然连汤也不能放过。过一会儿一转头，碗已经不见了，只听见哗啦啦的洗碗声。

后来我上了高中，有了晚自习之后，养成了吃夜宵的习惯。每当这个时候，我爸就会揶揄我妈，说快点去做，我妈骂一句坏蛋，就笑呵呵地走进厨房给我们煮面去了。你能听见打蛋的声音、筷子和碗快速碰撞的声音、煎蛋时滋啦滋啦的油声、水烧开时的咕噜咕噜声……

面条下锅，盖上锅盖之后，水又发出烧开了的咕噜咕噜声，这次的咕噜声更沉闷，带着些许味道的气泡破裂开。葱花撒下去粘在面条上或者漂在汤上，香味分层次地从厨房飘出来，我和我爸聊着学校里的事，时不时探出头看看面下好了没有，就这样和我妈一起度过了煮面的时间。然后，我妈会一碗接一碗地端出来，大碗给我，超大碗给我爸，我妈就坐在沙发的一角，看着我们大快朵颐，她在一旁开心地笑着。

这些声音和香味构成了我对妈妈的面的独特记忆，直到很多年以后我再想起来，还是无比清晰。

在我高考压力最大的时候，也习惯了每晚吃一碗妈妈的面再睡觉。那种饿了就吃、吃完了就睡的感觉，到后来离家之后，就再也没有过了。

等到上了大学之后，我交过几个女朋友（要要不准看），也为我做过好吃的面，味道各有不同，西红柿鸡蛋面、酸汤面、鸡汤豆角面……可我却始终怀念妈妈的面。我一直不相信那些号称可以让你想起妈妈的饭、外婆的菜的店家真的可以做到他们说的这一点。家人做的食物，从来没有大众这一说，每一个人吃过的家人的食物，永远都夹带着那些声音、香味、画面，永远是独一无二的。那种味道，只有一个人做得出，也只有一个人吃得出。

等到了自己去工作，一个人在北京的时候想极了妈妈的面，就会打一通电话过去，和妈妈聊天，讨教面条的做法。她一条一条讲，我一条一条记，听她讲做面的步骤，讲我和我爸以前整天向她讨夜宵吃，讲我们常常揶揄她的笑话，讲吃面的碗，讲后来为了给我们煮面，她干脆自己弄了一个花盆种了一盆的葱……我听着听着，好像真的站在她身边，学着她的样子做了两碗面，我是一个大碗，我爸是一个超大碗。我很快就吃完了，然后从我爸那儿又扒上一些，呼啦呼啦地再吃完。

我仰头喝完汤，就去睡了，在梦中我一直抱着我妈，一点也不想放开。

CHAPTER

03

好喝的「粥」可以销魂

今日菜单

Today's Menu

鱼片粥、煎鸡蛋

做法

Skill

小火熬好的粥底，重新用一只小锅煮开后，滚入切得细细的姜丝和片得薄薄的鱼片，关火前再放一点生菜丝，配上一只荷包蛋，好舒服。

蔡要要 —— by CAI YAO YAO

我是一个口味很老龄化的人，喜欢吃甜食、喜欢吃软糯的食物。而在软糯的食物里，最得我心的，就是形形色色的粥。

以前我在广东工作过一段时间，养成了一个习惯，就是每天晚上都要喝粥。广东人习惯做生滚粥，粥底事先熬好，水米合一，看不出任何米粒的形态，只感觉是一锅浓郁的米浆。如果有客人来下单，可以凭借自己的爱好，加鱼片、牛肉、猪肝、鸡丝、虾仁、鱿鱼等各种好料，配上姜丝、生菜叶，一起在粥底里煮开快滚一下。肉类都还嫩嫩的，粥却有了肉的鲜味。我喜欢淋几滴酱油在粥里，慢悠悠地搅拌开，吹一口还烫嘴的粥，偷偷地把脚从穿了一天的高跟鞋里伸出来一点，就那么坐在街边排档的小椅子上，喝这碗让我舒服的粥。

后来在外面喝得多了，又发现味道虽好，但味精实在搁得过多了。吃那么一大碗下去，晚上总是要喝很多水，第二天起来，眼肿脸肿，活似猪头。于是我就开始学着自己煮粥，为了节约时间，我琢磨出来了一套快速把粥煮得好喝的秘诀。头一天晚上，先用纯净水把洗好的米泡上一夜，等早上起来出门前，用个保鲜盒子把米连水一起放进冷冻室。等下班回来，用一只煮牛奶的小锅，再添一些水，把那个米冰块丢进去。这样，就只需要七八分钟，便可以把粥煮得活像熬了一个下午那般浓郁了。

然后就要准备些肉类进去吊一吊粥的味道了，我自然也发明了很多懒人办法。

比如懒得去日日买活虾海鲜，便准备了一些虾干瑶柱银鱼之类的在家，丢进去和粥一起煮，再配上一碟子烫芥蓝，居然也鲜美异常。

不愿意每天切牛肉，就改用牛肉丸，要记得放一点胡椒粉，这样能把牛肉丸的香味给勾出来。最后呢，就要浇一点蚝油，等粥沸腾着上了桌，再卧一只生鸡蛋，轻轻用筷子一搅，蛋花就嫩嫩地散在粥里，喝得人心里也沸腾起来。

要是有中午吃剩的白斩鸡，也可以带回去，回家路上买几棵小油菜，细细地切了丝，和白斩鸡一起丢进粥里煮得软软的，鸡的鲜味和菜叶的清香融化在一起，我可以喝两大碗，不带喘气的。

然而我最喜欢的一个很奇特的搭配，是被所有的广东同事一起鄙视过的。

那就是，早上去路边摊买一份萝卜牛腩，回来丢进粥里，要把萝卜煮到几乎融化，再切一点芹菜碎放进去。这样的粥，真的是极品，有萝卜牛腩的咸香，还有粥底的清甜。我还喜欢再煎一点五花肉，熬成热辣辣的油渣子，脆生生地放在粥面上，口感顿时更加丰富起来。

我给这个外面谁也买不到的粥取名叫作混粥。

这样的一碗粥，叫人怎么不销魂。

CHAPTER
04

「重庆小面」

今日菜单
Today's Menu

重庆小面

做法
Skill

面条和青菜一起煮好，拌上辣子油、花椒面、宜宾芽菜、酱油、姜蒜水、香油，吃得满头大汗，过瘾。

蔡要要 —— *by CAI YAO YAO*

我刚去重庆读大学的时候，被这么一个重口味的城市着实是震惊了一下。

重麻、重辣、重油，好像每个饭馆的厨子都根本不考虑成本，拼命给作料，哪怕只是一碗面条。对，我说的就是重庆最特别的一种饮食——小面。一碗简单的面条，甚至没有任何浇头，却要放近十种调料，满满当当，油光发亮的一大碗。而且价格还实惠得令人惊讶，那个时候，一碗小面才四块钱，可以吃到肚皮都撑。

我有点适应不了这么油腻的饮食，很快就得了肠胃病，上吐下泻得厉害。喝了几天小米粥的我，终于还是鼓起勇气想去学校的小吃街吃碗面条。我有气无力地对面摊的老板说，要一碗小面，不要辣、不要麻、不要油。老板瞟了我一眼，冷酷地说，那你要面条吗？

面摊老板像赶苍蝇一样对我挥挥手，不会做你这样的面，吃这么清淡，怎么不去喝粥？于是我只得灰溜溜地又回食堂，买了一碗小米粥继续喝。

等一个学期读完，我的肠胃也慢慢适应了重庆的饮食之后，我才真的发现，小面实在是非常妙的一种存在。重庆人自己，也对小面情有独钟。经常可以在报纸、杂志上看见诸如“小面 50 强”之类的评选。被选出的馆子大部分都是看起来毫不起眼的，甚至有点破破烂烂的样子。那些“50 强”老板得意地和市民们介绍，我家的小面，是我研究了很久的，配方与众不同，吃了一定巴适。

的确，小面看起来很朴素，但做起来一点儿也不简单。面条要用碱面，不能煮得太软，否则口感会糊掉；辣椒和花椒的比例得恰到好处；放的猪油得自己熬，这样才香；姜蒜水不能多放，也不能不放；还有宜宾芽菜，要事先炒过，让面条更具香味；甚至连搭配在面条里的青菜都有讲究，夏天用空心菜，冬天用生菜，都要刚刚断生就捞出来，吃起来能中和面条的油腻。

所以慢慢地，只要早上没有课，我都会去小吃街吃一碗小面当早饭。冬天的时候会吃加汤的，夏天的时候就吃干捞的，总是能吃得满面红光又神清气爽。不但习惯了小面，我也习惯了这种从早上起来开始，就用一点刺激的味道唤醒一整天的方式。

后来毕业离开了重庆，回想起要吃点什么的时候，也总是说，最想在起床后去吃一碗小面，要让老板多放一些空心菜，干捞，再配上一碗面汤，最好再炸一个荷包蛋，不要放盐，得是溏心的，拌到小面里一起，用筷子一扎，蛋黄就流出来，和面条融在一起，好吃得不得了。

我也试了好多次自己做小面，兴致勃勃地买了各种调味料，自己炸了辣椒油，炒了芽菜末，但不知道为什么，总是差一点味儿。

可能差的，就是重庆人豪爽的、不顾一切放辣、放麻、放油的肆意吧。

CHAPTER 05

「早餐」云南

今日菜单
Today's Menu

青椒肉酱拌土豆粉、番茄油菜鸡蛋汤

做法
Skill

青椒切成小段儿，和肉臊一起炒好，拌在烫好的土豆粉里，搭配一碗番茄鸡蛋汤，里面还漂着绿油油的小油菜，挺好的。

五十块 —— *by WU SHI KUAI*

Y U N - N A N

Z A O - C A N

小的时候，我所在的幼儿园在我家和姐姐的小学之间，所以每次姐姐上学之前都会先把我送到幼儿园。那时候，幼儿园门口有很多卖早餐的小贩，卖的大多是云南本地的一些小吃，比如炒的小碗的饵块，用竹签戳着一块一块地吃。比如带着甜甜味道的麦芽茶，就算吃不了也要配上一根油条，剪成段地泡到麦芽里，用勺捞起来的时候就已经想着下一口该吃哪一块了。

当然我最喜欢的还是烤饵块，我们也叫烤粑粑，这里的粑粑和前面说到的切成小正方形的饵块不一样，它是圆圆的形状，大概有成年人的一个巴掌大小，生的粑粑一块一块地垒在烤炉边上，从粑粑垒的高度就可以大概猜出自己今天来得早还是晚。老板的烤器很简单，一个铁盆里生些木炭，上面放一块黑乎乎的铁网，有人来的时候直接把粑粑放上去翻烤。冬天的时候这个摊位人最多，因为大家可以看着自己的粑粑从白被一点一点烤成脆脆的焦黄，同时还能把冰冷的手放在铁盆上方烤一烤。粑粑熟了，手也烤得热烘烘的。老板把熟了的粑粑丢到一个铁盘子上递给你，你看着眼前的三瓶酱汁，从左到右是甜酱、辣酱和麻酱，我每次都是甜酱一勺，然后蘸一点辣酱，再蘸一点麻酱，用勺在圆圆的粑粑上一点点涂匀，完成之后把粑粑照着中线折上一道，一只手就可以拿着吃了。如果酱没有涂均匀，就会从粑粑边上流出来。所以，这个涂酱的技术活，甚至还变成了我们小朋友间互相炫耀的本事，流出酱汁，那真是一件丢脸的事情。每次在门口买粑粑当早餐，姐姐在旁边帮我付完钱，就会抱着手温柔地看着我一丝不苟地、认认真真地、容不得一点瑕疵地做着一件无聊的却对我来说意义重大的小事。姐姐也不催我，等我做完，双手捧着粑粑吃起来的时候，她摸摸我的头说，去吧，放学我来接你。我就边吃边昂着头大步流星地朝校门口走去了。

升入小学，身体噌噌噌往上长。如果早饭不吃饱，上午的课还没上完，肚子就饿得咕咕乱叫了。于是，早餐也从门口的小摊粑粑变成了学校食堂的米线。学校食堂的米线味道很特别，浓郁的汤头里会撒上一小勺碎猪肉做“帽子”（云南早餐上加的各种辅料，比如鸡肉、猪肉、排骨等都可以作为帽子），就算不再放其他的佐料也能吃出浓浓的香味来。有时候为了吃到刚出的汤头，我们会在早上六点前学校还没开门的时候就到校门口等着。从学校大门的门缝里看进去，校园里黑漆麻乌的，只有食堂亮着灯。食堂的灯光黄黄的，水蒸气冒出来的时候，灯光还会晃动起来。香味一阵阵飘过来的时候，我们这帮食堂老饕就差举着自己的碗和筷子敲打起来，让保安快点来开门了。大门打开的时候，我们拥挤着冲过去占住最好的窗口位置，把自己的碗递进去，瞬间最前排就有七八双手拿着各式各样的碗上上下下地晃来晃去。

早来的人大多是会吃的学生，大家都知道要用自己的碗，虽然吃完之后要清洗，但无奈食堂的碗太小，而用自己的碗，阿姨会下意识地多打点米线和汤。阿姨接过那些上上下下晃来晃去的碗，一碗一碗盛好米线，淋上汤头，撒上“帽子”，再一排排放到窗口前，大家一个一个往外端走，后面的同学见缝会马上插进来。等我们吃完洗碗的时候，天也渐渐亮了。食堂窗口早已排起了长队，校门口熙熙攘攘，不远处的教学楼传来此起彼伏的读书声，新的一天又开始了。

后来我再也没有吃到过比小学食堂还好吃的米线。毕业之后回去过几次，听老师说学校食堂因为经营问题换了一家，味道也大不如前了。我想起从门缝里看到的，黑漆麻乌的校园里仅有的食堂的昏黄的光、模糊我们视线的升起来的白色水蒸气和我们饿得不停摇晃的碗，就觉得那家食堂还在。它和我的记忆一起，到了同一个地方去了。

等我上了中学，早餐就变成了几个边走边吃的包子、三五分钟吃完的一碗饵丝、坐在早自习的教室里啃的便利店买的虎皮面包和淡淡的像水一样的豆浆、油条。之前花时间慢慢摸索、慢慢等待、慢慢嚼咽的早餐变成了还不如省下时间多做几道题、背几个单词、记几条公式的随便吃点就行。

但学业再忙，我还是会花周末的一个早上，去菜市场的一家早餐店，在门口架着的火炉边向老板要两块粑粑。进店后和忙活的老板娘打个招呼，然后要上一碗稀豆粉。这家店的稀豆粉一般在早上四点就熬好了，就算你坐在角落也能闻见那股新鲜的黄豆香气。老板娘问，还是老样子吗？我说今天要“白帽”（不辣的碎猪肉）吧，感冒了，喉咙都还没好。老板娘娴熟地用大汤勺捞起半勺“白帽”，再左右晃一下，掂够分量往稀豆粉上一盖，撒上点香菜，就端上桌来。我低头把鼻子凑到碗沿，顺着白乎乎的热气向上吸了一大口，好香啊！往里面再加点油盐，用筷子拌匀之后，店外烤得的粑粑也好了，趁着烫手的时候把粑粑撕成小块，扔进拌匀的稀豆粉里拌一拌，或者直接用筷子夹起来往稀豆粉里一搅，然后放进嘴里，被烤得脆黄的粑粑和稀豆粉的豆香混杂在口里，软硬还能兼得，实在是太好吃了。

吃完粑粑，再把剩下的稀豆粉喝光，拍拍肚皮，在店里透过窗户看到菜市场里忙碌的生活气，觉得今天的早餐，味道又更好了些。

CHAPTER 06

厦门的「风」

今日菜单
Today's Menu

沙茶面

做法
Skill

虾、鹌鹑蛋、猪肝和面条一起用高汤煮熟，
浇上热热的沙茶汤，
沙茶的浓郁和香气，
可以在嘴里回味很久很久。

蔡要要 —— *by CAI YAO YAO*

厦门是一个太舒服的城市，所以在这么舒服的城市睡懒觉，也是非常理所应当的。因此总是睡到日上三竿的我们，要吃一顿厦门的早饭，其实也还是蛮难得的。我的朋友雷小T，曾经兴致勃勃地跑来说，你知道吗，路口新来了一个摊子，专门卖鸡蛋灌饼，可好吃了。她汇报完，又遗憾地补充了一句，可惜七点才出摊，想要吃上，就必须七点才能睡，好累啊。

但偶尔也有那么几个失心疯的早晨，我特别想爬起来去吃一顿厦门味道的早饭，于是就刷牙洗脸，爬起来迎着海边特有的晨光和微风，得意地一边喝一杯普洱茶去去睡意，一边蹬上人字拖，慢悠悠地去找一家可以坐下来吃一顿的早餐铺子。

首选总是白粥。厦门太适合喝白粥了，要一碟子炒得干干的虾皮和一小碟酱瓜炒肉末，然后再搭配一根油条。这里的油条要拿来蘸酱油吃，别有风味，炸过的淀粉搭配咸鲜的酱油，嘴巴里会产生很妙的共鸣，然后再端起碗，喝一大口不是很浓稠的白粥，把所有的味道都裹进去，肚子中间那个叫作胃的地方，就会舒服得不得了。

还喜欢吃一种叫作面线糊的东西，也是鲜，可以加各种食物进去一起煮，比如大肠头，比如卤蛋，比如裹了地瓜粉的嫩嫩肉羹。如果很饿，就可以呼噜噜吃上一大碗，里面有各种肉类，每吃一勺，都有那种食物链顶端的人类的骄傲。对了，吃面线糊一定要点一点

S H A - C H A - M I A N

儿胡椒粉，吃着吃着额角才会冒出汗来，然后再被海风吹干，妙不可言呐。

当然还不能少沙茶面，一定要找那种看起来不起眼的小铺子，沙茶汤熬得浓浓的，走过去就能听到咕嘟嘟的声音，沙茶的香气也这样传到鼻子里，诱惑得没吃早饭的人心里痒痒的。加鸭血、猪肝、海蛎，这是我总吃的一个固定搭配。

吃完早饭回去的路上，我总是会把头发散开，让这种清晨时刻不可多得的厦门的微风，把我的头发吹得飘起来，然后脖子上的毛毛汗也就这么吹干了，好舒服，好清凉。

写到这里，我真的是太想厦门啦。必须要爬起来，赶紧给自己做一碗沙茶面，解解馋。

CHAPTER
07

「吃什么」冬天的早上

今日菜单
Today's Menu

豆浆、茶叶蛋

做法
Skill

八角、桂皮、茶叶一起熬出的卤汤，小火把鸡蛋煮得入味三分，配上自磨豆浆，好吃又简单的一顿早餐。

蔡要要 —— *by CAI YAO YAO*

热烘烘的被窝是有魔力的，它可以留住每一个自以为可以在寒冬一跃而起的人。每当我以为我可以起床却终究没有能起床的早上，我的大脑，就会开始不受控制地幻想，我，这个软弱无能的人类要是能起床，该吃一点什么早饭。

首先想到的永远是豆浆，不仅要是热豆浆，最好能到烫嘴的程度。飞快地吹几下，颤巍巍地喝一口，那股子热流会从嘴里迅猛地一下子到达你身体的每一个神经末梢，不仅是胃暖起来了，连手脚都跟着热乎了。等不那么猴急了，就可以开始吃油条，蘸一蘸豆浆，要外表软了里面还是酥脆的程度才可以。豆浆油条，永远不灭的搭配，就是如此简单又如此让人满足。

也想干脆就坐在餐桌前慢条斯理地剥一颗滚热的茶叶蛋，在桌角清澈地敲那么几下，等蛋皮裂开一道口子，由于烫手，只能一点点地剥去蛋壳，这个过程不可谓不揪心。等整颗完美的茶叶蛋终于呈现在眼前的时候，温度也冷却到正好可以入口了，毫不费力地大咬一口，顿时茶香、桂皮香、酱油香、蛋本身的香味都浓烈地涌出，安魂且安心。

翻一个身之后，又开始想喝白粥，熬得软软的稠稠的，大米的清甜都在一碗粥里呈现出来。然后要配一点小菜，最好是三样，不多也不少，吃得刚刚过瘾。最喜欢拿虾皮用文火焙得干干的，鲜香味全部浓缩在那一点点虾皮里，配粥再好不过。榨菜也是不能少的，脆脆的，拣一小条放在粥里一起吞下去，就会咸得恰到好处。最后还要炒一只鸡蛋，油大一点，炒得蓬蓬的，滴上几滴酱油，这是最过瘾的吃法。

偶尔又极为想吃西多士，白面包对半切开，中间压一小片午餐肉，裹上金黄的鸡蛋液，放在平底锅里慢慢两面煎，趁着西多士在锅里的时间，还可以冲一杯热咖啡，不要放糖和奶，选口感微酸的豆子，恰好可以解除一点西多士的油腻。喝一口咖啡，咬一口西多士，午餐肉还能减少一点对早上总是没有肉吃的小遗憾，真是好得不得了。

如果前一晚有剩菜，那么就想下面条来吃，并依照剩菜的品种来决定做法。如果剩的是土豆红烧肉，就拌一个宽面，切一把葱花放进去，油滋滋的格外豪爽。如果剩的是青椒肉丝，就下手擀汤面，汤底里放一点香油，味道会更提神。如果要是前一晚有鸡汤剩下来那就最好不过了，取一小把龙须面，在鸡汤里煮得入味，面吸入了鸡汤的鲜美，再烫一小碟蚝油生菜，悠然吃完后会觉得自己可以去拯救世界呐。

缩成一小团的时候呢，还特别想吃葱油饼，葱要放得足足的，特别不喜欢那种只有葱油没有鲜葱的类型，必须要看得到绿生生的小葱花，这才称心。揉面的时候要放一点花椒面一起揉进去，等油煎过就会更香，和葱花本身的辛辣相得益彰，好吃得不得了。吃葱油饼我喜欢打一杯玉米汁一起喝，轻轻的甜味最后弥漫在口腔里，是一种有趣的幸福。

于是等我把这一切都想过一遍之后，肚子就会真的好饿好饿，起床这件事，也就没那么艰难了。

因为此刻的我，有更重要的事情要去做——吃一顿饱饱的早饭。

CHAPTER 08

「吃什么」生病的时候

今日菜单
Today's Menu

牛奶红豆粥、奶黄包

做法
Skill

红豆煮得烂烂的，
加上牛奶、冰糖一起熬成豆沙状，
再蒸几只奶黄包，
早上开始就甜得让人愉悦。

蔡要要 —— *by CAI YAO YAO*

周日几乎在床上躺了一天，生病。头晕眼花的，后来干脆连手机都玩不了，只能闭上眼睛胡思乱想。

小时候生病外婆会给我做好吃的。猪肝芥菜粥，配上一碟凉拌土豆丝，土豆丝焯得脆脆的，多搁上点儿醋。

或者给我煮疙瘩汤，番茄要用油煎一会儿，这样汤底才会酸酸甜甜够开胃。要么是蒸鸡蛋糕，蒸得嫩嫩的，最后要点上一点点香油。

有次发高烧，嘴巴里苦苦的，外婆特地去买了土蜂蜜，煮了一碗蜜汁红豆，让我热热地喝下去，嘴里就一直甜甜的，做的梦，也甜甜的。

还想吃煮得软软的面条，放一点青菜丝和鸡蛋皮，还要放很多姜丝，这样吃下去会很舒服。

如果有奶黄包那就更好了，轻轻一掰开，奶黄就滚烫动人地流出来，那种喜悦真是妙不可言，好像病也一下子就好多了。

还有喝鸡汤，放墨鱼和枸杞，黄澄澄的一大碗端上来，要吹着气慢慢喝，鸡汤好像可以治任何病，真是太神奇了。

脑海里还会浮现肉羹，有胡椒粉的香味，肉羹外面裹着地瓜粉，嫩得顺着喉咙一下子就滑进胃里。

原来在重庆上学的时候有次重感冒，好朋友带我去吃老麻抄手，吃一口眼泪鼻涕全部喷出来，但很神奇的是吃完鼻塞和头疼就都好了。

肚子痛的话就来煮红糖荷包蛋，荷包蛋一定要溏心，用筷子一戳，蛋黄就淌进红糖水里，汤汁就浓郁起来充满了蛋香，喝完一定是连脚趾缝都暖和了。

我还有一个秘密武器就是炖一大锅菌菇汤，香菇、平菇、滑子菇和竹荪，鲜得任何病都会好了一大半。

总之，生病的时候就千万不要随便吃吃，病号餐一定要够美味，才能让病好得快啊。

CHAPTER 09

怎么拌一碗完美的「**米饭**」

今日菜单

Today's Menu

咸蛋拌饭

做法

Skill

隔夜剩饭打进一只咸蛋，一起蒸好后浇上酱油，再来一点碧绿葱花，快手又饱腹。

蔡要要 —— *by CAI YAO YAO*

寒潮来得猝不及防，窝在沙发盖住毯子开着暖炉一动也不能动啊。

吃什么好呢？

那就拌上一碗热热的米饭吃吧！

咸蛋 + 虾皮 + 猪油

米饭本来就略带一点点淀粉本身的清甜，加上咸蛋的咸香、虾皮的鲜美、猪油的厚重，真的非常赞。

做法

一碗热米饭，一颗咸蛋搅碎，撒一撮虾皮，淋上一勺热猪油，拌匀后趁热吃。

番茄 + 火腿 + 黑胡椒

我是很喜欢吃番茄的人，这个做法不一定所有人都喜欢，但是中意清爽番茄本味的人都会很中意。米饭融合番茄酸甜的口感，火腿增加油脂和鲜美度，最后的黑胡椒添加风味，好吃极了！

做法

洗好米后将一整颗番茄埋在米里，诺邓火腿切片撒入，按下煮饭键，等饭好撒入黑胡椒和少许盐拌匀即可食用。

肉臊 + 小葱

肉臊的油脂和米饭太配了，肉要炸得略酥一点，这样和香糯的饭粒混合的口感会非常奇妙，软中有脆，加上酱油味的渗入，简直不能自拔，而小葱的辛辣能让猪肉本身的油腻变得更可口。

做法

五花肉切小丁慢火炸香，加酱油和不要太甜的米酒熬煮，切一小把葱末放在饭上，用刚刚关火的肉臊浇上去拌匀就好。

茄子 + 豆豉鲮鱼

茄子真的非常适合拿来拌饭，撕成一条条的和米饭纠缠在一起，加上茄子本身特别入味的特点，和咸香的豆豉鲮鱼搭配吃起来绝对不会有口淡的困扰。

做法

茄子隔水蒸熟后手撕成条，豆豉鲮鱼罐头挖出一小条也撕成细条，和刚出锅的热米饭拌匀就可以吃啦，记得多放点罐头里的豆豉，会更香哦。

金枪鱼 + 海苔 + 黄瓜

非常简单方便的拌饭，整体很清爽，吃一小碗就元气满满。金枪鱼的鲜味，配上海苔和黄瓜完全是小清新的气质，味道很柔和，不会有任何肠胃负担。

做法

黄瓜擦丝，海苔切碎，油浸金枪鱼碾碎，加上少许千岛酱拌进米饭里，简单得令人发指，好吃得停不下来！

记得拌起来呀。

CHAPTER 10

春天要吃一顿有情欲的「好饭」

今日菜单

Today's Menu

西红柿木耳疙瘩汤、韭菜水饺

做法

Skill

面粉加水搅成面糊，
西红柿炒出汤汁后加水和木耳一起煮开，
然后把面疙瘩下进去，
再煮几只冰箱里存着的韭菜水饺，
吃得人身上都软软的，
好幸福呢。

蔡要要 —— *by CAI YAO YAO*

G E - D A - T A N G
S H U I - J I A O

春天来了，万物都在蠢蠢欲动，这是一个适合交配的季节，也是一个适合大吃一顿的季节。每当气温一回升，我的胃也和上升的温度一样，发出嗷嗷的叫唤，好像它在提醒我：该吃点好的了！

如果你有一个爱人，那么我们就来看看，这个春天你可以和他在每个夜晚来临的时候，除了做一些羞羞的事情，还可以吃点什么羞羞的食物。

笋

笋是极具灵气的食物，无根无缘，拔节而生，看似清高，但其实有一种非常禁忌的美。试想一下，当你含羞带怯地买来几颗嫩得出水的春笋，和爱人一起徒手剥新笋。当你们一起一层层地撕开笋衣，露出里面那层颤巍巍的笋身，这岂不是一场漫长而雅致的诱惑？

买一段上好的肋排，泡上几朵香菇，和这最鲜嫩的春笋一起炖上一小时，笋吸取了肉类的油脂，经过滚汤的水乳交融，食物的精华都在那第一口咬下的瞬间。清香、鲜美、馥郁，你所能想到的褒奖，全在这一锅汤里。

虾

春天的河虾极为鲜，不带任何腥气，而是有一点生动活泼的甜。我喜欢春日的下午去买一瓶黄酒，温得恰到好处，喝到双颊通红，但一定不忘要留出一小杯拿来爆虾。几杯下肚有点蒙的时候，就可以开始着手来做虾了。几片嫩姜，一点蚝油，再待出锅前那一小杯黄酒浇下去，顿时酒香、油香、虾香满堂生辉。重火热油爆得虾壳红亮酥脆，也看得人面红心跳，只想撸起袖子大吃一顿。

这种热情的油爆河虾和激情的时刻多么相似，而咬破虾壳后虾仁本身的春天气息，又仿佛激情退却后的那一点羞涩。炒一碟子豆芽肉丝面，再佐上这样一道油爆虾，真真地能感受到春天噌噌直冒的情欲。

鱼

都说桃花流水鳜鱼肥，桃花红了时候，就应该吃鳜鱼。春天的鳜鱼，最美的不过是那个肥字。鳜鱼的脂肪在春天尤为饱满，肉质细嫩，拥有令人勃发的欲望。鱼又是最适合情人的食物，因为不能如快餐似的抢时间，而是得相对而坐，一点点地挑去骨刺，再挑起鱼腹那如琼脂一般的细肉，就喜欢这种慢条斯理的柔情。

虽然有松鼠鳜鱼这道名菜，但我却嫌酸甜酱汁过于抢味，春天的鳜鱼最好还是清蒸。一点点豆豉剁碎了加上生抽浇做酱汁，出锅前再把那滚油淋上，鳜鱼的鲜美就都在这八分钟的旺火猛蒸里淋漓尽致地迸发了。这是可以回味的春天滋味，缠绕在口舌之间，沁出一整个春日的情欲。

韭

吃过春天的新韭，就觉得余下时间里的韭菜都似稻草。韭菜气味重，但要是这头茬的春韭，就不会有那恼人的臭气，而是清爽的韭香。都说韭菜适合做给男朋友吃，无非是传闻可以壮阳，但我却觉得是因为韭菜生来热情，而春天吃了就更觉得颇有得意之感，可不就会想着有一场缠绵欢好。

最喜欢还是韭菜炒蛋，鸡蛋要用猪油来炒，蓬松金黄，还带着油脂的芬芳。不能炒得太老，得还有点流淌的时候就下韭菜。大火颠几下就可以出锅，这样才不会出水，要是小火慢炒就会满碟子油汤挂水看着生气。鸡蛋有了韭菜的清气，韭菜裹上鸡蛋的嫩滑，再盛一小碗白米饭，哦哟哟，吃得浑身冒出汗珠子，很有春天的意思了啦。

CHAPTER II

吃「**泡面**」要看什么剧

今日菜单 *Today's Menu*

老坛酸菜面

做法 *Skill*

泡一包方便面，我只需要五分钟，你呢？

蔡要要 by CAI YAO YAO

一个喜欢方便面也喜欢看剧的人，要大声告诉你们，不同的方便面当然要搭配不同的电视剧啊！

专攻美剧二十年的我，就只推荐美剧了，偶有英剧乱入。

温馨的香菇炖鸡

嗯，清淡，温暖，最适合当早饭吃啦！与之搭配的剧自然也是温馨可爱的为主咯！

《老爸老妈浪漫史》《老友记》

朴实的红烧牛肉

嗯，红烧牛肉面真是朴实无华！好看的剧也应该是比较朴实自然的！

《成长的烦恼》《摩登家庭》

温柔的海鲜口味

浓郁却又清爽，美味还不失回味，海鲜口味的曼妙可是要看那种剧情百转千回的！

《绝望的主妇》《欲望都市》《傲骨贤妻》

火爆的麻辣口味

什么麻辣牛肉、泡椒鸡丁、酸辣粉丝，统统适合剧情火爆刺激的！

《行尸走肉》《犯罪现场调查 CSI》《斯巴达克斯》

最爱老坛酸菜

好，老坛酸菜真的是个好东西，我最爱就是宵夜时分来上一碗老坛酸菜！与之搭配的剧自然就是喜剧啦，难道谁要在大晚上吃着老坛酸菜的时候还看虐心的玩意儿啊！

《破产姐妹》《生活大爆炸》《布莱克书店》《IT 狂人》《欢乐合唱团》《好汉两个半》

干拌面系列

不知道为什么，觉得干拌面是泡面界的神奇产物，所以看的剧也要略微神奇一些。

《绝命毒师》《无耻之徒》《大西洋帝国》

昂贵的进口泡面

吃过一些很贵的进口泡面，觉得与之相配的也要是高端大气上档次的剧！

《纸牌屋》《冰与火之歌》《唐顿庄园》

还有一些奇特的口味

什么麻油味啦、冬阴功味啦、咖喱味啦……反正就是不太常见的。好吧，我也是乱配剧来看。

《实习医生格蕾》《威尔和格蕾丝》《神探夏洛克》《性爱大师》

干脆面

必须动画片，必须！

《南方公园》《辛普森一家》

暂时想到这么多，希望吃泡面也有好心情！

CHAPTER 12

「蒸」是最不会出错的方式了

今日菜单
Today's Menu

清蒸鱼、馒头

做法
Skill

鱼洗净后铺上姜丝和豆豉，
蒸八分钟，
鱼最嫩的时候出锅，
淋上一勺滚油，
热腾腾地端上来，
把鱼肉夹进馒头里一起吃，
很有一点混搭的美味感觉。

蔡要要 —— *by CAI YAO YAO*

蒸鸡蛋羹

加虾仁，加文蛤，加肉臊，加香菇，加干贝，都好好吃哦！

蒸排骨

生粉一勺，剁椒一勺，生抽一勺，豆豉一小把剁碎，加上盐巴和姜丝，拌匀大火开蒸，下饭利器！

蒸香肠土豆

土豆切滚刀块，铺上一层香肠，等土豆蒸软了，香肠的油脂也渗进去了，味道十分销魂。

蒸鱼

最好蒸鲈鱼，肉嫩刺少，肚子下面垫一点姜片，抹上一点盐巴，淋一勺蒸鱼豉油，等大火蒸熟后切一点葱丝放在鱼上，少许油烧到热热的，浇上去，香是香的咧。

蒸娃娃菜

粉丝泡软了铺在娃娃菜下面，蒜蓉剁碎了铺在娃娃菜上面，也是等出了蒸锅再淋一点滚油，好吃到爆。

蒸芋头

芋头非软糯不能吃，蒸最适合它的特点，我是湖南人，只需要加一勺剁椒和一点酱油，就可以把芋头做得足够好吃了。

蒸肉饼

里脊肉和马蹄一起剁得烂烂的，加水和盐大力搅拌好，最后打一只鸡蛋在肉饼上，蒸出来会很清香。

蒸虾

切得碎碎的蒜蓉微微炸过后，铺在开背的斑节虾上，大火蒸到变色即可，虾子鲜美蒜蓉提香，下酒再好不过。

蒸鱿鱼豆腐

这是我在厦门学会的菜，必须用嫩嫩的南豆腐，片得薄薄一层铺在底下，上面放可爱的小鱿鱼，秘诀是必须搁一点点白糖一起蒸，鲜美无比。

蒸蛤蜊

放一勺好的绍兴酒，姜丝切得细细的，用锡箔纸把蛤蜊包起来大火一通好蒸，端出去，吃的人会为你喝彩。

蒸螃蟹

什么也不需要，洗干净两只大闸蟹，蒸十五分钟，倒一碟子米醋，温一小壶黄酒，这就已经足够迷人了。

所以，最简单的做饭方法就是蒸了！你们学会了吗？

CHAPTER 13

今夏我们要一起吃「**水果**」

今日菜单 *Today's Menu*

水果盘

做法 *Skill*

各种水果切好，挤一点沙拉酱，很清爽的一顿早饭。

蔡要要 —— *by CAI YAO YAO*

西瓜

如果是下午睡醒，那就切成一厘米见方的小块儿，放在玻璃大碗里，插几支牙签，躺在风扇正好能吹到的沙发上，不时伸出手去插一块儿丢进嘴巴。

要是在晚上看美剧的时候，那就一定要抱着半只西瓜，用一把大勺挖着吃，大口大口的，空调的温度调低一点，皮肤上还可以冒出一点儿鸡皮疙瘩，那就最好了。

荔枝

荔枝一定要冰镇，但很奇怪，一进冷藏就会发酸。拿一只盆子装满冰块，把荔枝半盖住，等一个小时后就可以开吃了。如果怕上火，还可以熬一碗绿豆汤，吃完一斤荔枝再一口气豪饮掉一大碗绿豆汤，打出一个响亮的饱嗝，好爽。

芒果

厦门这边喜欢拿芒果蘸酱油吃，我吃过两次，虽然也别具风味，可始终不是最爱的吃法。

我喜欢一只芒果一切两半，一半儿打成泥，一半儿切成芒果丁，一起拌上酸奶，装进一只乐扣盒子放进冷柜里冻成雪糕，从太阳底下回来的时候，就扑到冰箱里取出，舀出一大坨吃下去，解暑是最好的。甜，也是极甜的。

葡萄

葡萄我喜欢拿凉水湃着，这样就不会那么凉牙，但也足够清爽。这个时候，就要再买一点鸭爪子，先野蛮地啃几只，啃得眉开眼笑时，然后就可以一颗颗地吃葡萄，要抛弃刚刚的野性，做一个优雅的人，吃一颗葡萄，扑哧吐掉一颗葡萄皮。

香蕉

如果没有香蕉奶昔，夏天真的不够甜。香蕉、牛奶、冰块，全部一气丢进去打成一杯浓郁的奶昔。如果你愿意，还可以撒一点奥利奥碎和杏仁碎，拌成丰富的一大杯，用一支粗粗的大吸管喝。喝完就觉得世界都是甜蜜的，可以有精力去游个泳，穿着比基尼觉得自己超美超美的。

椰子

如果你喜欢吃椰子，那就开上一只。在傍晚的时候去找个地方坐着，比如海边，比如公园的秋千上，比如那块你最喜欢的草坪。耳机里放一段你最中意的音乐，太阳这会儿已经下山了，但云朵还是金黄的，手里的椰子沉甸甸的，一点点风吹过你的耳畔。这时候低下头，吸一口椰子水儿，恰到好处的微甜，伴着椰子特有的清香，就会觉得，生活真的是很舒服很舒服的。

夏天的时候，吃了那么多水果，嘴巴里流淌过那么多种不一样的甜。

会不会就想，活着可好可好了呢？

CHAPTER

14

过年吃点「下饭菜」

今日菜单 *Today's Menu*

西葫芦五花肉辣白菜拌饭

做法 *Skill*

五花肉煎得干香，
和韩国辣白菜
还有小火炒软的西葫芦片拌在一起，
特别好吃，
特别开胃。

蔡要要 —— *by CAI YAO YAO*

吃腻了油乎乎的过年硬菜，还是更思念有滋有味的下饭小炒。

鸡胗切片焯水，用酸豆角和辣椒油一起炒，可以吃三碗饭。

茄子隔水蒸了，拌上蒜泥和虾皮，可以吃三碗饭。

小尖椒用文火慢慢焙熟，和皮蛋一起研成泥，淋上生抽和香油，可以吃三碗饭。

柴火香干切了薄片，加一勺剁椒一勺蒸鱼豉油，旺火蒸熟，可以吃三碗饭。

煎几个荷包蛋，加上青蒜叶子和水豆豉一起炒得干干的，可以吃三碗饭。

土豆蒸熟碾成泥，和黑胡椒肉末一起回锅烧得糯糯的，可以吃三碗饭。

小米椒和花椒一起爆香，加毛豆米一起烧，最后加一点牛肉末，可以吃三碗饭。

洋葱切丝，青椒切段，爆香后用来炒鱿鱼，出锅前喷一点点黄酒，可以吃三碗饭。

杏鲍菇蒸熟后手撕成条，和炒得香香的郫县豆瓣一起大火快炒几下，可以吃三碗饭。

培根和四季豆一起干煸到熟，最后加上橄榄菜炒，可以吃三碗饭。

蒜蓉炸到金黄后用来和虾仁一起炒，可以吃三碗饭。

五花肉片煎出油，放一点干辣椒一起香炒有机花菜，不要放水，只用油炒，可以吃三碗饭。

泡椒和泡嫩姜一起炒牛肉丝，可以吃三碗饭。

豆豉鲮鱼炒油麦菜，可以吃三碗饭。

所以每次过年，无论何时我都在思念一盘美味的家常小炒，远比大鱼大肉更来得有滋有味。

CHAPTER
15

「酸豆角」我太喜欢吃啦

今日菜单
Today's Menu

酸豆角炒鸡蛋、吐司

做法
Skill

酸豆角用水泡后去除酸味，切成小段一起炒蛋，加在微甜的白吐司里一起吃，一个特别的三明治就做成了！

蔡要要 —— *by CAI YAO YAO*

主爱人类，所以赐予我们酸豆角。

我每次吃到酸豆角，都觉得这是一种经受过神启的食物，好像上天洒下来一道光，一道带着绿闪儿、经过发酵、有点酸气、一闻就特别开胃的光。

酸豆角炒肉末，肉馅儿剁得碎碎的，加一点生粉和酱油抓好，热油爆香肉馅，再舀一勺老干妈一起炒，最后肉末炒得金黄的时候，就把酸豆角倒进去，颠三下出锅，淋一点味极鲜，可以下三碗米饭。

酸豆角炒鸡胗，鸡胗焯水切薄片，和姜丝一起煸炒后加一勺黄酒，趁热再加一小勺辣椒粉，关小火翻几下，切成小段儿的酸豆角这时候下锅，再开旺火一通快炒，加少许老抽，可以下三碗米饭。

酸豆角炒腊肠，腊肠要先煮过，不然齁咸，切了薄片，小火煎出一点油，这样就没那么腻，和酸豆角还有晒干的辣椒一起，热油爆炒，最后出锅前再撒一小把切碎的蒜苗叶子，可以下三碗米饭。

酸豆角炒鸡蛋，鸡蛋要用猪油炒，里面拌一点切得细细的牛肉丝，这里的酸豆角不能切那么小段，要长一点，再放一点青椒末，出锅前加一勺蚝油，鲜美提味，可以下三碗米饭。

下面条，一勺香油、一勺剁椒、一勺生抽，再撒上酸豆角，就是一碗妙极了的面条。

下馄饨，一点紫菜、一点虾皮，再撒上酸豆角，就是一碗妙极了的馄饨。

更不要说我们湖南的米粉，牛肉码子、青椒肉丝码子、猪肚码子，最后，都要再来一点酸豆角。

还有我自己创作的一道菜，酸豆角泡椒黄瓜焖鳝鱼，酸辣香，用来配冰啤酒，可以坐在午后的阳光里，吃到好像看见了满天金光。

我有次胃病特别严重，吐得死去活来，最厉害的时候送去医院吊盐水，口吐白沫地呻吟，就想吃口酸豆角。我妈托人给我从老家带来一包酸豆角，收到的时候几乎要落泪，拼死从床上爬起来，先把酸豆角用清水泡了泡，再去买了一小块猪五花，切成薄薄的片儿，平底锅煎得金黄，再把干辣椒切成小碎末，和肉片一起炸香，加一勺生抽、一勺料酒，锅中顿时发出滋儿一声脆响，听得我心旌摇曳，最后，就是把那把已经切好的酸豆角倒进锅里，热辣辣的火把肉的油脂融化进酸豆角里，又把酸豆角的微酸激发得更加丰润。我嗅一下那股香气，赶紧去再盛一碗半热的白粥，用一只汤匙，挖一大勺酸豆角五花肉拌进粥里。

酸，酸的开胃。

辣，辣的馨香。

白粥不烫嘴，还有点大米的甜味。

五花肉不油腻，还有点焦香的气息。

我吃着吃着，感觉灵魂深处有个声音在拼命地号叫。我停下来，听了听。

原来，它在喊，太特么的好吃啦！！！！！！！！！！

CHAPTER 16

我是一个很会「做饭的人」

今日菜单
Today's Menu

土豆泥

做法
Skill

土豆煮熟，
用擀面杖压成泥，
和大量牛奶一起搅好，
然后磨一点黑胡椒，
放一点点盐，
就会香得你想鼓掌。

蔡要要 —— by CAI YAO YAO

有时候总想，会做饭真是一件挺好的事呢，自己有那么多小秘诀，一点点累积，变成很厉害的厨艺，让每个来吃我做饭的人都会哇的一声，真是挺得意的！

咸水鸭切成一小块一小块，用来煮热汤面，盐都不用放，只需要放一点切得细细的姜丝一起煮，最后撒上生菜碎，鲜得让人想吸鼻子。

家里每年刚做好香肠就拿出最粗壮的几根，铺在切了滚刀块的红心地瓜上搁进大锅蒸，最好再放一些青豆米，好看又清香，香肠油渗进红薯里，真是好吃极了！

拿切得薄薄的五花肉卷上金针菇，用平底锅煎得干干的，然后另起锅热油爆香蒜末，加一点生抽淋上去，会感受到极致的爽！

做蛋卷的时候，一定要等鲜荸荠上市，和三七肥瘦的猪肉一起剁碎，那种丰富的口感，会让你更加珍惜这个世界的。

做红烧肉不要放糖，切几块甘蔗丢进去同熬，浇几勺好一点的米酒，会感受到真正的肉类颤动的温柔。

珍珠肉丸如果馅儿只有肉会很腻口，所以要切一只脆苹果一起拌馅儿，再放上重重的胡椒，胡椒和苹果是绝配，让珍珠肉丸有了非常刺激和活泼的生命力。

在家做煎饺想显得有点儿情趣，可以用面粉和生粉五五比例，调三分之一碗面水，然后浇在油锅里，盖上盖子，小火煎干，出锅的饺子底就连成了漂亮的蕾丝花边。

葱油面的葱油是灵魂，一定要认真又认真地对待，请用生抽、老抽，和最传统的酱油膏一起调汁，这样出来的葱油才会香得夺人魂魄。

无论什么材料炖鸡汤，放几颗枸杞，就会有出神入化的功效，油腻感顿时退散，而清甜味会将鸡肉原始的香气勾出来，缠缠绵绵的，把人化成一朵云。

五花肉切厚片，加上海带、土豆和大白菜，放进电饭锅煨上一个小时，只需要一味盐巴，就能鲜掉你的舌头。

在外面买的卤牛腱子总是嫌那股香味太单一，回来自己片成薄片后拌上多多的香菜末、辣油、蒜末，最后用一勺热油淋上去，配啤酒最棒！

家里没有菜的时候请找出一枚鸡蛋，打散后热锅炒得碎碎的，加上孜然粉、辣椒酱、花椒面，会有烤肉一般的独特滋味。

喜欢豆制品的人，熬鱼汤的时候可以不放水而放自家磨的豆浆，汤汁浓郁有豆香气，特别配上一点葱末会更有层次。

家里可以常备一罐剁椒，用来蒸排骨或者肥牛片，肉类下面要记得铺上一层土豆，肉汁渗进去之后土豆会无与伦比地美。

感冒的时候可以做姜汁松花蛋来吃，记得额外加一点榨菜和生姜一起剁碎，浇上生抽、老陈醋和香油，快手的人一分钟就能吃上。

做葱油饼的时候一定要放一点白糖，不知道为什么，葱配上一点点甜的味道会更香，饼也会更酥更脆。

炒花蛤、青口、海瓜子之类的小海鲜不要放料酒，改放更浓郁一点的绍兴酒，滋味会更妙，那种没了酒精却存留酒香的馥郁之气和海鲜的咸腥自然结合得最到位。

如果买得到粗盐巴，倒一大袋子在锅里先大火烤热，然后转成最小的中心火后，把洗干净的虾一只只头朝下插进去埋着，看见露出的虾子那一点点尾巴变红了，就可以关火。等热盐把虾子最后一点水腥气烤出来后，就拨盐见虾，大吃大嚼吧。

所有的叶子类蔬菜都不要用刀来切，用手撕会好吃很多，然后趁着热油先下盐，炒出来的青菜不发黑且嫩。

煮豆腐的时候尽量不要拿铲子划拉，会容易碎。还有就是一定要盖上锅盖焖一会儿，水汽对豆腐来说是最好的烹饪方式，能让它们变成会在嘴里抖动的活物。

在家想做好喝又不麻烦的奶茶就一定要备一罐炼乳，除了鲜奶和红茶之外，放一大勺炼乳会让奶茶更香甜顺滑。

有喝不完的红酒可以拿来煮雪梨，放一片肉桂进去同煮，加上冰糖小火滚半小时，把梨子煮通透，味道会非常的暖心。

在家磨咖啡豆的时候多磨了一点，可以切几片薄薄的柠檬片，卷上咖啡粉放在嘴里吮吸，那种奇异的香味真是世界之王的享受啊。

新鲜柠檬榨汁后加一勺蜂蜜，把冰块和芒果肉一起打碎，把调好的蜂蜜柠檬汁浇上去，嗷，完美得飞起来了！

把应季的荔枝冻成荔枝冰块可以放很久，嘴馋的时候就拿几颗出来，倒上巴黎水和半盎司伏特加，会好喝得魂飞魄散。

土豆泥里记得要放牛奶，不怕放多，土豆的吸奶能力好得超乎想象，能把香醇的牛奶全部变成自己的一部分，让土豆泥香滑得不像话。

炖番茄牛腩最好不要放水，如果要放也只是一点点，所有的水分其实都应该来自新鲜番茄，多切几只饱满的大番茄，用高压锅压一会儿之后，番茄汁就全部被挤压出来了，这样的番茄牛腩汤才真的是原汁原味。

我们家做油豆腐塞肉的时候不会只放猪肉，要用刀背再剁一些鱼肉糜一起做馅子，这样的肉馅便生动起来，不蠢笨，吃再多也不会觉得油腻。

炖大肘子的时候记得浇一碗醪糟水进去，醪糟的甜和酒香能让肥肉升华成高级的油脂，用砂锅慢火煨几个小时后，肘子的肉和皮都颤颤巍巍的，一触就烂，再不爱吃肉的人也会忍不住多吸几下鼻子。

手撕鸡千万不要用刀切而要用手撕，鸡肉的口感和肌理才会不柴。而浇汁里的花椒不要用普通花椒，要选择绿色的藤椒，更鲜更麻，也更爽口。

炒酸豆角的时候一定记得要用清水多泡泡，盐巴有燥气，直接下锅的话吃多了会觉得有点刺口，泡过之后的酸豆角会更脆更耐吃。

莴笋、山药、萝卜等这类根茎类蔬菜如果和肉类一起烹饪的时候，切滚刀块是最棒的选择，蔬菜会异常入味，而且咬的时候特别贴合嘴型。

卤牛肉的秘方是要放一点陈皮进去，然后卤好后千万不要急着捞出来，最好连着卤汁用保鲜膜封好一起放在冰箱里冷藏二十四小时后再拿出来吃，会特别入味。

蒸鸡蛋肉饼的时候可以切一点豆豉进去，不要多，几颗就够了，会把肉饼衬得更加咸鲜，口感也更丰富，而且鸡蛋羹的滋味也更柔和了。

炖任何甜品最好都不要用自来水，用瓶装水来做，味道会清透更多，特别是莲子银耳这种类型的清淡型甜品，用瓶装水会有意想不到的清香。

既然如此，那么一定要自己多做些饭才能对得起这一身厨艺！

CHAPTER

17

和我一起去「**北京**」吧

今日菜单

Today's Menu

休息一天，没有做。

五十块 —— by WU SHI KUAI

当我说出这句话的时候，我正坐在要要家的沙发上吃一碗面，面里加了一些剁椒，调味刚刚好，超出我能力之外的一点辣让我出了一些汗，却又不至于被胃和嘴抗拒。我抱着碗仰头把最后一口汤咕噜完，身心感到异常的满足，整个人散发出老年人的气质，直直地向后躺倒在沙发上。

在这之前，我们刚刚见面不超过一小时，对对方的了解也仅仅是在网络上的文字和闲暇时候在微信上的暧昧话语。大多数网友见面都会见光死，但我却只花了一碗面的时间就已经确认，这就是我在网络上认识的她。那个时候她患病刚刚剪掉了头发，戴着一顶长长的假发，但我始终觉得远没有她自然的圆圆的头顶好看。

她也一定是个精神病，想都没想，就像我在知乎上给她发的第一条私信的回答那样，说了句“好呀，我们明天就走”。后来我才知道，她是鼓起了很大的勇气，才下定决心和我一起到北京去。她没有了健康，没有了工作，甚至刻意疏远了家人朋友的陪伴，不愿给他们带来麻烦。她心里知道，从现在开始，她只有我了。

我们第二天便买了去北京的票，我也只用了二十四小时，就实现了第一个承诺，带她到了北京。

那时北京并不是我的主场，我在一家创业公司做实习运营。当时的我拿着每个月一千五百块钱的薪水，去掉房租其实所剩无几，她却也不嫌。我常常带她去吃我们小区门口的杭州小笼包。我对她说："要要你知道吗，这是我们能在一起的一块宝地，我就是在这里给你发出的第一条私信。当时桌上摆着二两白干，我干了之后，才鼓足勇气按下的发送键。"她就坐在对面，静静地听我说，眼前的包子散发着热腾腾的气，梦幻得好像她当时就在现场一般，洞察了我写那些话时候的心情。

年轻人的爱情其实很奇怪。我们在网络上认识，互相欣赏，相约见面，不问家事，便跟着对方到了一个对于他们来说毫无基础的城市。这个城市里有的，除了彼此就是很多好吃的料理（真是一个很好的留下来的理由啊）。我们也慢慢走过那些爱情里必经的路，互相了解，彼此信任，认识到对方的趣味，知晓对方的幽默，一样疯疯癫癫。至于物质问题，则实在是再简单不过的东西了。

后来我们在北京租到了一套非常满意的房子，有一个不错的厨房，一个长长的木质的可以让她写作的长桌，一个软软的让我们可以躺一个周末的沙发和床。如果天气不错，我们也会跑到动物园去看胖达（panda）和胖棍（penguin）。我们对于胖胖的动物总是有一种谜一样的执着，以至于后来我们养的猫也都是圆滚滚的代表。

有时候我们会悠悠地乘坐地铁八号线转二号线，到北师大后门的酸奶店点两杯红豆酸奶。路上我一边往她嘴里喂食，一边吐出些自以为是的笑话逗得她哈哈大笑。有时候雾霾太大，我们就背靠背坐在地毯上，她看会儿书，我就看会儿她。

晚上睡觉的时候得互相拥抱一会儿，找到机会就夸奖对方一通才能满意地睡去。一整天最后的爱，要全部向你倾泻完才算没有浪费一分一毫。

常常说我爱你，我更爱你，反弹，再反弹。就算变成了口头禅，心里也深深地这么想。

后来我早上老不吃早餐，中饭晚饭又常常赶不上，她说要为我做三百六十五顿不一样的早餐。从那天开始，我感受到的就是每天早上隐隐约约听见厨房发出的响声，有时候炸煎饺配西兰花，五分钟就好了；有时候要炖好喝的牛肉汤，头一天晚上就会准备好食材。因为早饭在家吃，我每天可以赖床二十分钟，直到她从厨房带着一股香气把我叫醒。每天我一睁眼看见她，就更爱她一些。吃完美味的早餐，就有力气更爱她一些。我们的爱情，就这样在这里、在这个时候，一点一点地长大起来。

1

我们认识的第三十天
我给你做早饭
你激动地宣布
太好吃了
我真幸福啊

2

我们认识的第六十天
你给我打包了我最爱的麻辣烫做宵夜

3

我感动地说
你记得我爱吃什么
真好

4

我们认识的第一百天
你出差了
我才发现
原来自己一个人吃饭
一点也不香

5

那天
我知道了有一种思念
叫做和爱的人一起吃饭

PA
RT

2

北京 Morning!

Wake Up Every Morning With You

饺子的馅儿里放了香菇 / 排骨炸得刚刚酥 / 牛奶布丁要多来点蜂蜜
煮个泡面 / 也得自己淋香油和醋

荷包蛋的边儿金黄色 / 茶叶蛋的花纹是龇牙咧嘴的
那锅牛肉胡萝卜 / 我放了七颗大蒜
还有记得晾成嘴唇的温度 / 龙井虾仁和松鼠桂鱼

那只杏仁奶油塔 / 烤糊了一点点 / 虽然微微发苦 / 也还是香喷喷的

你快走进厨房里 / 从后面 / 把我紧紧地抱住

CHAPTER
01

我能想到的表达，就是给你做「早饭」

今日菜单 *Today's Menu*

一个吻

做法 *Skill*

轻轻地在爱人的额头印上一吻。

蔡要要 —— *by CAI YAO YAO*

我们终于决定要在北京一起生活。

找好房子，添置家具，开始过和很多人一样却又不一样的生活。

你每天去上班，我可以在家写东西。每天下午，做个奶茶，切一些水果，悠闲地吹着空调。

想自己何德何能，可以做自己喜欢的工作，有一个不错的厨房，养一只胖猫，还有一个心爱的爱人。但我们作息略不一致，除开周末，很少能一起吃饭。

于是决定，每天都做早餐给你，和你多一次一起吃饭的机会。我们可以坐下来一起吃早餐，是一件很舒服的事情。你也可以少吃一点外卖，对健康也好。

那么，我们就说好了，每天一起醒来，一起吃早饭，一起过每一个明天。我想要给你做的每一顿早餐，都是不一样的，希望你吃饱了，才有力气更好地爱我。

你说这样如何？

CHAPTER 02

出门「饺子」
回家「面」

今日菜单
Today's Menu

煎饺、西兰花、培根、火龙果

做法
Skill

饺子在热油下锅，煎到两面黄的时候倒入一小碗水，盖上锅盖焖干水分后出锅，外酥脆内多汁，真心好吃。

蔡要要 —— *by CAI YAO YAO*

我们老家总说，出门饺子回家面，还说夏日吃饺子，不会打摆子，后一句的意思大概就是饺子永远是好食物，吃了才有劲儿去应付炎炎夏日的灼烤。

小时候外婆总是自己包饺子，大白菜要先捞水，再用一块细纱布挤干水分，最后剁碎和肉馅拌在一起，而那块纱布是专门用来做饺子馅的，用得时间久了，微微地带一点淡绿色，洗干净了晒在阳台上，我下学回来看见那块纱布在微微的晚风里飘扬，就知道那天的晚饭有好吃的大个的饺子了。

我家的饺子不喜欢薄皮，总是饺子皮擀得略厚，把肉馅的汁液牢牢地锁住，咬一口，大白菜的清甜和猪肉的肥美一起涌出来，眯上眼趁着那股子烫烫的热气忙不迭吞咽下去，只觉得口里包着的是整个世界的温馨。

我吃饺子还喜欢搁很多的醋，家里人就会笑话我说那么会吃醋以后男朋友要小心了。我一边大口吃饺子一边争辩：吃饺子喝够了醋，谈恋爱就不会啦！而包了饺子的第二天早上，就一定会煎饺子来做早饭。

外婆架一只平底小锅，倒一些金黄的菜籽油，开着小火慢悠悠地给我煎前一天晚上吃剩的水饺。等我睡眼惺忪地爬起来刷牙，黄澄澄的煎饺就已经端上了餐桌。我一边吃，外婆会笑眯眯地在旁叮嘱，小心烫了舌头，莫急莫急。这大概也是一种留在心里的美丽。

读大学的时候，校门口有一家手工饺子店，是一个胖阿姨每天坐在店里一只只手包出来的。这家饺子店有很多奇特的馅料，比如什么豆角馅、南瓜馅、番茄馅等，但每种都出其不意的好吃，饺子也很大，一份十个，可以吃得饱饱的。我那段时间正好胃病发作，家里人又没法来身边照顾我，吃啥吐啥，唯一能吃的，就是这家店的高汤饺子。我每天都去那家店里打包，然后回宿舍慢慢地吃。热热的饺子汤喝下去，胃里会燃起一点小小的暖意，然后手脚也会跟着舒坦起来。

一天我又去打包水饺，那个胖阿姨看见是我，忽然神秘地对我招招手，她拿出一只小保温盒，笑嘻嘻地对我说，这里面是我新发明的韩国泡菜饺子，你带回去慢慢吃。我一愣，胖阿姨接着说，你上次打电话和你妈妈说爱吃我家的饺子，和家里味道一样，我就想，你们这些学生，要吃点好的不容易，这是我自己做来吃的，别客气，喜欢就再来和我要。

我没有掉眼泪，但是那顿饺子，我吃得特别香。

J I A O - Z I

M I A N

CHAPTER 03

早上到底吃多少个「馄饨」合适呢

今日菜单

Today's Menu

紫菜虾皮小馄饨、酸奶水果、煎蛋

做法

Skill

碗里放上紫菜、虾皮、芝麻油，煮好的小馄饨连汤一起倒入，清爽又鲜美，边吃边看早新闻，很美好。

蔡要要 —— *by CAI YAO YAO*

馄饨是一种很南方的食物，薄薄的皮，少少的肉馅，一口就可以吞下去。馄饨要是配上鸡汤一起来煮，鲜得舌头会跳，香得肚皮会叫。

我有一朋友，山东大汉，绝对的糙老爷们，一米八多，一百八十斤，肤色黝黑，声如洪钟，远看真的好似一座小山。真爷们吃饭也是绝对不含糊，我亲眼看见他一口气吃掉了一整桶全家桶，或者又听闻他于某年某日又血洗朋友家，吃掉了一斤卤牛肉之类的轶事。

偏偏这位铁汉找了一个南方小女朋友，身高不到一米六，体重大概只有他的一半，柔弱得如西湖边的垂柳。我也和他可爱的女友吃过一次饭，亲眼见证了传说中的喝碗汤就饱的女性食量。

这么两个人，居然也就亲亲密密地谈起了恋爱。山东铁汉也经常找我们抱怨，说什么晚饭居然是一碟小咸菜加一小碗粥，好不容易烧了排骨怎么只有四块之类的话。我们打趣他，说别人为爱牺牲，你是为爱饿肚皮。他痛苦地摆摆手，一副不堪回首的样子。

说了这么多，最后的结局其实也皆大欢喜，他俩还是结婚啦。据说铁汉有一次喝醉了，摸着头傻笑着说，老子有天早上起来吃她煮的小馄饨，心想虽然是少了点可还真有点好吃，就觉得这辈子也不想离开她啦。

其实馄饨还是很方便的食物，小小颗，漂浮在放了紫菜虾皮的汤里，几分钟就能做出一碗。吃起来也方便，正好一勺一个，如果还有个爱人肯不时喂一只鲜美的小馄饨到你嘴里，可不就是人间美味吗？

CHAPTER

04

宅女需要一颗「**鸡蛋**」

今日菜单

Today's Menu

香菇蛋饼、西兰花、煎肠

做法

Skill

香菇、培根、芦笋一起用黄油炒熟后浇上蛋液烘熟，蛋香、蔬菜香、黄油香混合在一起，让人食指大动。

蔡要要 —— *by CAI YAO YAO*

我是一个很宅的人，又在家工作，所以很少外出。而作为宅女，最大的困扰不是缺乏交流，而是吃饭。一个人在家吃饭，又不喜欢外卖那特有的地沟油的味道，势必就得自己做，而我最好的朋友就是鸡蛋。

只要冰箱里有鸡蛋，我就不会出门，特别是早起的第一顿饭，我都会睁着惺忪的睡眼，摸出两个鸡蛋，给自己做上点吃的。

久了，就越发地觉得鸡蛋是个好东西，冬天可以做个酸辣鸡蛋汤，勾上浓浓的芡，胡椒粉搁得足足的，喝一碗浑身都热起来。夏天呢，煮两个鸡蛋，和生菜黄瓜一起拌个小沙拉，要想再赏心悦目一些，就再切几颗圣女果，怡红快绿，青葱嫩黄的，格外清爽。要是宿醉的早上，就蒸个嫩嫩的鸡蛋糕，出锅时候点一点蚝油和香油，慢慢地吃下去，觉得身子也慢慢地熨帖了。

鸡蛋和泡面永远是好拍档，随手丢几棵油菜进去，就显得还有点健康。

而我最喜欢做的，就是煎蛋饼，随手切一点时蔬，打一碗鸡蛋液，大概三分钟就能齐活。有时候懒起来，盘子都不需要，连平底锅一起端出来。一边悠然地享受我的鸡蛋，再喝一杯牛奶，大力呼吸一下，就忍不住想，一切操蛋的生活我也不怕了。

番茄鸡蛋也是最妥帖的家常菜，鸡蛋先炒得蓬松金黄，番茄一只切丁一只切块，先用切丁的过油炒出浓郁汁液，然后加一点水和切块的番茄一起煮到酸甜的香味全部涌出，这时候再把炒好的鸡蛋一起倒进去翻炒，出锅的时候加一点葱花，有红有绿，鸡蛋又金黄可爱，拌上米饭吃，是一道最好的下饭菜。

也喜欢烤蛋，拿洋葱、蘑菇、火腿丁用黄油炒过倒在打好的蛋液里，记得要在鸡蛋中加一点牛奶和干酪，进烤箱烘个十分钟，在面上磨一点黑胡椒，这么吃，特别有满足感。

只要有鸡蛋，我就能让自己吃得眉开眼笑，太谢谢它了。

好东西，鸡蛋是也！

Wake Up Every Morning With You

每天早上 和你
一起　　 醒来

JI - DAN - SAN - MING - ZHI

CHAPTER

05

「三明治」救命稻草

今日菜单

Today's Menu

三色三明治、牛奶

做法

Skill

黄瓜、番茄、炒蛋一起夹在切片面包里，热一杯牛奶佐餐，很养眼的一顿早饭。

蔡要要 —— *by* CAI YAO YAO

S A N - M I N G - Z H I

不知道为什么，总认为在冰箱里放上一提方面包，是一种安心生活的表现。有面包，就不挨饿，这大概是一种心理暗示。

后来想，大概因为偷懒起来就可以用面包来搭配任何食物，比方便食品还方便。小时候喜欢拿面包夹那种细细的火腿肠，两根对半剖开，用两片面包一合，就会得意地喊，看，我做的三明治。再大一点了，就会煎鸡蛋加进去，有时候也涂一些果酱，反正一共不超过三分钟，就是合理的一餐。

我艺考培训前几乎没日没夜地躲在租来的小屋练琴，饭也顾不上吃，最后泡面一闻见就要吐，于是天天吃面包，创造性地发明了涂老干妈、夹榨菜、夹豆豉鲮鱼罐头、夹酸萝卜、夹豆腐干等各式奇葩组合三明治。

等真的毕业出来，有了厨房，就更肆无忌惮地开始进行三明治的配比。由于我特别不喜爱煮饭，所以面包加一切剩菜成了我日常快速饮食的法宝。青椒肉丝、麻婆豆腐、番茄鸡蛋，每一样都可以拿来做三明治。最最惊喜的是有一次，拿红烧肉和碎生菜一起做了个三明治，好吃得几乎要升天！

三明治对我而言，真是日常的一根救命稻草啊。

CHAPTER 06

「五色面」最温柔的

今日菜单
Today's Menu

五色面

黄瓜、紫菜、红椒、肉丝、蛋皮

做法
Skill

黄瓜、红椒切段，紫菜撕碎，
肉丝用酱油黄酒生粉腌一会儿后热油爆熟，
再做一张蛋皮切丝，
一起铺在煮好的汤面上，
精心搭配，
让吃的人能感到无比幸福。

蔡要要 —— by CAI YAO YAO

一

我的朋友厨子有一只狗叫嘟嘟，是只拉布拉多，嘟嘟不但聪明，还非常通人性，我们都喜欢嘟嘟。嘟嘟可爱之处不胜枚举，那时候我开的客栈有院子，厨子出门就让嘟嘟来我这儿待着。他俩一人一狗在路口道别，厨子吆喝一句嘟嘟去方糖（我以前客栈的名字），嘟嘟就一阵小跑来到我客栈里，和我们一群朋友厮混一天。有一天我和客人闹得不愉快，又加上很多不顺，我气到坐在院子大哭。晚上了，不敢大声，只能自己抽泣，正觉得天下谁人有我惨的时候，一直躺在院子里晒月亮的嘟嘟慢悠悠地走过来，趴到我腿上，用圆圆的黑眼珠温柔地看着我，我忍不住凑过去亲亲它，嘟嘟轻轻地舔了一下我还没干的泪珠子，那一刻，除了瞬间融化实在想不出别的词。

二

去象岛的时候，白天骑了摩托车出一身汗，黄昏跑去海滩躺下，喝了杯啤酒，晕乎乎的，沙滩还有白天日晒的余温，躺起来正舒服。躺一会儿正好冲进水里，海水在耳朵边一唱一和，顿时就觉得酥倒了。冲进海水里，没什么浪，可以仰躺在海面上，岸上的人顿时就离得远远的。海水一下又一下地温柔地推着我的腰，再偶尔游动一下，水温也刚合适，海水清得可以看见脚趾头，好朋友朝我挥挥手，我们都挺开心，也就都笑起来。夕阳的余晖洒在她俩脸上，金灿灿的，真好看。我们说，还会去更温柔的地方。

三

有次去成都，忽然想去甘孜，于是啥也没准备就去了，已经 10 月了，我还是一副标准海滨城市朋友的打扮，短裤人字拖。等到了康定，身上最厚的衣服加起来都只有一件毛衣一件衬衫一条牛仔裤，果不其然被冻成傻逼，还好死不死地来了大姨妈，不管去什么地方，心里都只有一个字就是冷。我觉得还是应该去买件冲锋衣，结果该死的少女心犯了，怎么看都觉得丑爆。正当我哆嗦着绝望地蹲在住的店门口抽烟，心想要是冻死真是不划算的时候，一个背着巨大行李包的大叔从我旁边过，他打量了我一眼，说，穿这么点。然后二话不说从包里掏出一件绒衣递给我，说，我回家去了，留给你穿吧。我拿着衣服目瞪口呆地望着他绝尘而去，好像连谢谢也忘了说。这时店里的朋友出来问我要不要一起去塔公寺看看，于是就蹭车一起去了。刚到塔公寺，就下起了漫天大雪，寺里空无一人，我穿着刚才的绒衣，跪在释迦牟尼面前，只觉得如此温暖。

这都是属于我自己的，因为温柔而获得的喜悦。

WU-SE-MIAN

CHAPTER
07

舅舅的「卤牛肉」

今日菜单
Today's Menu

法包三明治、
煎蛋、
蔓越莓果酱拌酸奶

做法
Skill

法包切开涂黄油烤到微脆，
涂一点色拉酱，
再放进去中式卤牛腱子，
中西结合，
很神奇，
很好吃。

蔡要要 —— *by CAI YAO YAO*

今天早上剩了一些昨晚的卤牛腱子，就拿来做法包三明治，中式的牛腱子切薄片拿蒜油煎一下，加上黄瓜番茄，居然意外的和谐。而关于卤牛肉，我还有个我舅舅的故事。

我舅舅年轻的时候是天之骄子，长得非常帅，家里且宠着，一点家务都是不会做的。后来找了我舅妈，也常回家吃饭，要不就吃食堂，继续不会下厨。而我舅妈也是一样，厨艺几乎为零，两个人虽然有小家，可基本没开过火。但舅舅还是有那么几次下厨的经历，皆传为笑柄。比如没有剖肚的鱼整条拍晕就下了锅。等大家兴致勃勃地吃起来才惊觉鱼肚子没有清理；又比如自己炒个小菜，忙得不亦乐乎等出了锅才想起来没有搁盐巴。

后来外公外婆走了，舅舅就吃食堂，舅妈在远一些的地方开店，两个人周末才见面。这时候我们忽然发现，我那舅舅会做菜了。虽然还不能说特别美味，但是看起来也像模像样，有几道拿手菜也烧得着实不错。等到周末，和舅妈相会的时候，他就挽起袖子把学会的新菜亮一手，烧给舅妈尝尝。舅舅做的卤菜不错，他兴致勃勃地买了一口小砂锅，什么香叶八角桂皮茴香干辣椒装在他自己弄的小纱布包里，没事就卤一些鸡爪鸭心藕什么的拿给大家吃，我们夸他几句，舅舅就高兴得不行。但是他也说，牛腱子还卤不好，老有些硬。今年快过年的时候我回家，舅舅又卤菜，切一小盘子卤牛肉给我，神秘兮兮地说，来，尝尝。我咬一口，口感筋道还香气四溢。我赶忙夸他，好吃！舅舅眼睛都亮了，开心地说，那明天带给你舅妈尝尝！他哼着小曲儿，拿保鲜袋选几块最漂亮的牛腱子装上，虽然他现在有点发福，可那一刻，我舅看起来老帅了！

最后插一句，我舅和我舅妈结婚快三十年了，没有吵过架红过脸。

L U - N I U - R O U

CHAPTER 08

食物是有「声音」的

今日菜单
Today's Menu

蛋皮包杂酱、怪味土豆、绿豆粥

做法
Skill

热油把甜面酱炒香后，倒入五花肉馅，炒到肉的油脂也析出后，加一点黄酒提香，包在蛋皮里，吃得嘴巴油油的，一个字，爽。

蔡要要 by CAI YAO YAO

今天早起天蓝得不像话，心情也是跟着高兴起来。

站在锅前熬肉酱，拿着木铲轻轻搅拌，发出咕嘟咕嘟的声音，颇为动听。

其实食物是有声音的呢！仔细听！

嘘！炸鸡排的时候，呲的一声，是一种欣喜的欢叫。

炖排骨的时候，咕噜噜咕噜噜，是排骨睡着了在打呼噜呢。

烤面包的时候，你听，有种轻微的噗噗声呢，是面包在偷笑吧！

啊，还有炒青椒肉丝的时候，酷炫地翻一翻锅，呼啦啦呼啦啦，是青椒和肉丝在拥抱呢！

煮一碗番茄鸡蛋面，最后淋上一点热辣辣的蒜子油，发出吱的一声，是面条动情的呻吟。

蒸一碗鸡蛋羹，会有好听的、小小的气泡声，听上一会儿，就觉得浑身软绵绵起来。

煎一条鱼，翻面的时候，鱼皮和锅嘶的一声分离开来，这是因为鱼的绝情，还是因为锅的不挽留？

还喜欢听炒花蛤的声音，贝壳和贝壳在锅里碰撞，那哗哗的响声，和海水一样动听。

炒青菜一定要油热，把水嫩嫩的青菜丢进去，顿时会发出一声爆炸一样的咻，好像在提醒你，快点炒，不然青菜就会炒老啦。

L V - R O U

H U O - S H A O

还有做酸辣土豆丝，最后浇上那一勺醋的一刻，土豆丝好像明白这是自己升华的关键时刻，每一根都同时开心地呻吟一下，做饭的人听见这嗯的一声，也是很满足呢。

当然，我相信吃驴肉火烧的时候，咬每一口都是嗷的一声，不一定对，你们感受一下。

CHAPTER
09

「南瓜」香如今且忆

今日菜单
Today's Menu

南瓜鸡肉饭、西兰花、豆浆

做法
Skill

鸡脯肉用生粉抓过，和切块的南瓜一起放进米里，按下电饭煲的煮饭键，出锅后加一点蚝油拌上，南瓜和米饭融化在一起，鸡肉也还嫩嫩的，可好吃了。

蔡要要 —— by CAI YAO YAO

第一次记忆里吃南瓜，我搬了一张小板凳，坐在一张专属我的小桌前，吃一碗南瓜糊，从此记下了这种食物的清甜。

外婆在住家的院子里辟了一小方菜地，种蒜苗、菜薹、辣椒，后来还嫌不过瘾，干脆搭架子种起南瓜来。收获的时候，满院子都是金灿灿的大南瓜，每一个都巨大无比，我一个人都抱不动。

自己家种的南瓜，格外好吃，甜且沙，隔水蒸了，蘸上辣椒面，是一种简单粗暴又好吃的吃法。

由于南瓜丰收，外婆还有好多好多办法来做南瓜，很多方法都从来没有在外面吃过。比如拿青辣椒切了丝，加上五花肉，再放一大勺老干妈，这么又辣又香的调味，居然还是可以吃出南瓜的清甜，而且还可以中和那些刺激的味道，让脑门儿一阵清明。又或者用南瓜红枣和排骨一起熬汤，汤清甜鲜美，南瓜微融化在汤里，让汤特别的稠，喝一碗不但滋味好，还很饱腹。我最喜欢吃的一种，是把瘦肉剁了泥，拌上豆豉、葱花、猪油，和南瓜片一起大火蒸熟，等出了锅，淋一勺辣子油拌匀，南瓜沙沙的，配上猪油的香味，特别好吃。

而这些南瓜，无论怎么做，无论怎么复合地调味，都不能掩盖南瓜本身特有的甜、特有的香。后来去上大学，食堂里只卖水煮南瓜，偶尔打一份来吃，却只有一股油臊气，一点也吃不出原来记忆里南瓜的滋味。

再后来外婆去世，就很少自己弄南瓜来吃了。在饭店里吃到的，总是把南瓜做成了各种各样的点心，好吃则好吃，却已经没有太多的南瓜味。有次自己兴致来了，买回来一大块南瓜，去皮掏瓤，切块加鸡肉炒香，丢进电饭锅和米饭一起焖熟，出锅的时候拌一点酱油，却意外的美味。

只可惜，再也吃不到小时候那么自然简单的甜南瓜了。

CHAPTER 10

「食物」和「人」

今日菜单

Today's Menu

蒜煎鳕鱼、上海青、水煮玉米、橙汁

做法

Skill

用油把蒜粒爆香后，小火慢慢地把鳕鱼煎成金黄，出锅前倒入一点点白葡萄酒，顿时整个厨房都香得让人猛吸鼻子呢。

蔡要要 —— *by CAI YAO YAO*

SUAN-JIAN-XUE-YU

把人体的部位，比喻成食物，其实挺动人的。

小孩子白胖的手臂像是一截嫩莲藕。女孩刚哭过的眼睛，是两颗紫盈盈的葡萄。

而小巧的嘴巴，则是一颗醉人的红樱桃。十指纤长，如水葱一般，顿时觉得那种细白灵动，跃然纸上。

腰肢绵软，好像一把细面条，摇曳生姿。形容脚趾小小粒，说成是刚泡出来的黄豆，生动极了。

白白的皮肤，我们说像洁白的百合片；黑亮的头发，我们则说是如黑芝麻一样。

矮胖的大叔我们总说他们像是一颗土豆，朴实令人放心。

感觉瘦高的男生像一把长豆角，很有生气，很脆。

漂亮的女孩子会说是和苹果一样可爱，泼辣的女孩子则会被称作小辣椒。还有那种丰腴白皙的女人，说她们是水豆腐，仿佛美得可以捏出汁液来。

那种总是吊着一张脸的妇女，我们要说她是苦瓜脸，而且还是煮烂了的那种，软塌塌的，没有一点儿让人喜欢的冲动。

啊，还有那时候，学校里有个女孩子，发育得比我们都早，挺着直直的脊背，有着高耸的胸脯。我总觉得，她看起来就是一颗水蜜桃，饱满而活泼，甜美得隔着老远都能嗅到她的少女气息。

而我见过最趣致的比喻，是说一对翘臀，像一颗奶油山胡桃，真是很想咬一口的样子啊。

最后照了镜子，发现我也已经黑成了锅底灰，好歹和食物搭上了一点点关系。

CHAPTER II

「爱」，就大声说出来

今日菜单
Today's Menu

蒜汁培根娃娃菜、牛奶麦片

做法
Skill

娃娃菜洗净铺在盘底，
上面再盖上培根和炸过的蒜粒，
淋一点点蒸鱼豉油，
大火五分钟蒸熟，
泡一碗牛奶麦片，
甜咸皆有，棒！

蔡要要 —— by CAI YAO YAO

WA - WA - CAI

他们都笑话我，说我告诉我男朋友说我爱他。

“傻瓜，爱说出来就廉价啦！”

“你太不矜持啦！”

“你有没有想过，你在大庭广众之下说出爱这个字，他压力有多大？”

“没有人把‘我爱你’挂在嘴边上的！”

我肚子痛他把我搂住我想说我爱他。

我给他煮饭吃他吃得很认真我想说我爱他。

他从马路对面冲过来抱我我想说我爱他。

我们躺着什么也不做我依然想说我爱他。

我只好换个方式，有时候去拨乱他的头发，有时候搂紧他的腰，可是这还不够啊，怎么比得上我坚定地大声说，我爱你！

我再也不想管那些笑话我的蠢货了！我决定每天当我爱他的刹那，我都要告诉他，我爱你！

把爱说出来，有什么可丢人的！

于是我高高兴兴地把早餐端出来，大声地说，吃早饭啦，爱你！

他也高高兴兴地坐下来，举起勺子说，好的，爱你！这不就是很简单的一件事吗？

真是棒极了！

CHAPTER 12

我们买了新「拖鞋」

今日菜单
Today's Menu

咸蛋香菇肉饼、白粥

做法
Skill

猪腿肉手剁成馅儿，加水反复搅打上浆，铺上切花刀的香菇和一只咸蛋，蒸熟后佐老火白粥一碗，这样吃，胃很舒服。

蔡要要 —— *by CAI YAO YAO*

我和五十块刚搬家的时候，家里没买拖鞋，但好在是木地板，所以就光脚也没有关系。我们兴奋地躺在沙发上研究要给家里买些什么东西。

“你说买地毯好不好？放在小阳台上！”

“还可以买几个抱枕。”

“你说要不要买果汁机，这样就可以喝鲜榨果汁啦！”

“宝宝我喜欢绿色的被单哦！”

唯独，忘了还要买拖鞋。

东西陆续地买了回来，可是每一次购物回家，我们都懊丧地说，糟糕，又忘记买拖鞋了！只好继续光着脚，夏天嘛，也不冷，于是就继续这么将就着。

忽然有天，快递来敲门，打开包裹，原来他上网还是买了拖鞋，一双蓝色的大大的，一双粉红的小小的。那天晚上，我们换上拖鞋，愉快地在家里走来走去，还把脚并在一起。开心极了。

他说，看，买到了好看的拖鞋，我们的生活又进步了一点点。

五十块于是问我：“买拖鞋这么值得开心的事情，那么，明天早上吃点什么来庆祝呢？”

我遗憾地告诉他，炒锅还没有送到，我们只有一口电饭锅可以

ROU-BING
BAI-ZHOU

用呢。他开心地拍着手说：“啊，我们可以煮一锅白粥。”我也兴奋起来，是啊，可以煮白粥。我的朋友张春曾经传授给我煮粥的秘诀，五杯水，一杯米，这样煮出来的粥绝对就是完美比例。

于是我开始翻冰箱，还有以前剩下的香菇和咸蛋，那么，再去买点瘦肉，来做肉饼吧！先把粥煮好，盛在大碗里晾一下，然后再用电饭锅蒸肉饼。

我忙乎了一个小时，终于把早饭端到五十块面前。他喜滋滋地说：“啊，有新拖鞋，又有白粥，真的是太幸福啦！”

CHAPTER 13

「电热杯」是个好东西

今日菜单 *Today's Menu*

咖喱肥牛拌饭

做法 *Skill*

日式盒装咖喱，加胡萝卜和土豆一起煮得烂烂的，然后倒入半盒肥牛片，热辣辣地盖在米饭上，饱餐一顿！

蔡要要 by CAI YAO YAO

当年我和闺蜜曾经因为懒惰，蜷缩在客厅的沙发上，靠着一只电热杯过活了整整五天……直到把冰箱吃空……

我回忆一下那时候的食谱吧。

第一天

闺蜜：没有肉我是活不下去的。

我：给你肉！

翻出一块儿腊肉，切片，和小米同熬，熬到小米粥已经水乳交融娇艳欲滴的时候打一个鸡蛋进去，再切一点儿黄瓜碎或者圆白菜丝。非常好吃！！！！！！！！！

第二天

闺蜜：少女今天吃啥？

我：少女当然是要吃可爱的食物啦！

泡了一把红豆，一边看美剧一边让电热杯在旁边熬啊熬啊熬啊，熬得红豆糯糯的，像少女的心，熬得红豆软软的，像少女的脸。最后倒入一袋儿牛奶和几块冰糖。不要太甜蜜哦！

第三天

闺蜜：我心情不好。

我：心情不好，那我下面给你吃啊！

培根切段，倒一点点油在电热杯里，把培根煎得香香的后倒出来。拿一块浓汤宝化在水里煮汤，下面，丢几块儿番茄和小油菜一起煮，等面煮好了，把培根一起倒进去搅一搅。说啥心情不好呢，都下面给你吃了！

第四天

闺蜜：我要吃高级货。

我：只选贵的！不选对的！

找出一些超市买的蟹钳，拿来熬汤，熬得汤色白白的，丢一把粉丝进去一起煮，然后加一些墨鱼丸和火腿丝，这个粉丝汤就会鲜美异常，我俩连汤带粉丝吃得精光，不停地感叹，只要有螃蟹，哪怕是钳子，就是高级啊！

第五天

闺蜜：你可能还不了解我，我是一个重口味。

我：糊你熊脸！

咖喱就是重口味！超市买的那种袋装肥牛片，配上盒装咖喱，加胡萝卜和土豆，一股脑儿丢进去，啥也不管，只需要煮！煮好了，倒出来把锅子洗洗好，找出来俩馒头，电热杯倒油，慢慢煎个馒头片配咖喱，赞！

CHAPTER
14

社交真的很「**恐怖**」

今日菜单
Today's Menu

阳春面、牛奶

做法
Skill

煮一碗素面，只需要用盐巴调味，装进碗里后放一点葱花和一勺猪油，就已经很好吃了。

蔡要要 —— *by CAI YAO YAO*

即使作为一个内向、不爱交谈的社交恐惧症患者，也会饿，也要吃饭呐。

没错！这篇指南将成为社恐患者的终极觅食指南，拯救你的肚皮哦！

吃饱了，才有力气抗拒社恐啊！！！

❶ 日式拉面绝对是首选，一个人吃得呼呼作响也没有人会管你的！

❷ 那种自助式麻辣烫真的是社恐患者的福音！一个小筐即可自给自足，完全不用任何社交就能获得完美一餐。

❸ 真的很想吃火锅的时候去吃涮涮锅，而且点套餐，这样可以减少和服务员的交谈。

❹ 速冻水饺这种食物简直就是不想出门不想有任何社交时刻的完美赐予，只需要烧水就可以吃饱，连和锅的社交都降到最低了。记得冰箱常备。

❺ 每一个社恐患者的背后，都有一个沉默的外卖小哥送来一份完美的盖浇饭。

❻ 那种可以把一整个大西瓜分成几块来卖的水果店对社恐患者来说很适合，完全不会有“怎么办我是一个人吃不完那么多”的顾虑！

❼ 在点自助式三明治的时候，务必完美运用“这个、这个、这

个和这个”的四步交流大法。

⑧ 如果有好几个人坐在一起吃饭，点番茄鸡蛋饭吧，因为只有这个一目了然，让大家无法问出“你在吃什么啊，看起来好好吃”这种难以回答的社交难题。

⑨ 煎饼果子和鸡蛋灌饼中间请选择鸡蛋灌饼，因为只需要回答一句：加不加肠；而煎饼果子则需要回答加几个蛋、加不加辣、果子还是薄脆、加不加香菜四个问题，社交太多了，不堪重负。

⑩ 喝粥也是不错的选择，因为很多便民粥铺都使用的是贴心的打钩钩菜单，一句话不用说，就可以喝到美味的热粥，幸福的呢。

⑪ 中午在办公室点餐的最佳选择是阳春面，因为只有吃这个不会有人过来打招呼说我尝一下好不好。

⑫ 一个人想吃大餐的时候，可以选择去吃牛排，坐在角落里静悄悄地吃掉一大块肉，是一件非常幸福的事情。

⑬ 一份静谧无声的辣鸭脖，配一杯冰可乐，对社恐患者是最好的治愈。

⑭ 对社恐患者来说，最好的甜点是便利店里盒装的芝士蛋糕，它是一种可以不用询问、不用要求打包，只需要从货架拿出买单就能好好享用的食物！

⑮ 来自作者的最后忠告：社恐患者千万不要独自踏入东北人开的小饭馆，越正宗，越不要！！！

CHAPTER

15

「炒饭」的秘诀

今日菜单

Today's Menu

胡萝卜青椒蒜薹鸡蛋炒饭、哈密瓜

做法

Skill

鸡蛋先炒好，
再用少少的油一起把切成小丁的胡萝卜、
青椒、蒜薹炒香，
倒进剩饭一起翻炒，
加一点胡椒粉提味，
出锅前把鸡蛋也倒进去，
这种炒饭很有家常气味。

蔡要要 —— *by CAI YAO YAO*

很多人都有炒饭的秘诀。

有人说要热锅凉油先炒蛋。

有人说要金包银蛋液粒粒包着饭。

有人说玉米火腿更好吃。

有人说腊肠土豆才是王道。

呵呵，他们都太天真。

炒饭的精髓是，家里有啥没吃完的，通通拿来炒，才是人类进步的阶梯。

没吃完的水煮肉片捞出来，再切一点榨菜丝，麻辣的肉片搭配着脆生生的榨菜，还有粒粒分明的米饭，如果还有酸萝卜丁，也可以加一点，就会是一盘重口味炒饭。

麻婆豆腐拿来炒饭，就要费一点力气了，因为要记得一颗颗把花椒给捡出去，豆腐和米饭混在一起，还有少而珍贵的肉末，一大勺放进嘴巴里，啊，人类太智慧了。

如果有青椒牛肉那就太好啦，要多浇一点酱油，把油脂都炒进饭里去，加上酱油的浓郁，真的很香。

番茄鸡蛋也可以，不过要记得把汤汁沥掉一些，不然饭会太软，一大坨就没有食欲了。

冰箱里有前一晚剩下的牛排的话，恭喜你，可以做一碗豪华炒饭了！把牛排切了条，用小火再微微煎一下，和米饭、蒜子、红椒一起炒，吃的时候觉得自己特别有钱，生活特别富裕。

没吃完的生鱼片也可以炒饭哦，生鱼片稍微煎黄，加上海苔、芝麻、味淋、葱花，啊，真的很好吃很好吃。

还有剩的土豆丝，加上辣椒油一起炒饭，土豆丝经过再加热，就会和饭融在一起，好吃得只能一口接一口。

宫保鸡丁当然也是极佳的，腰果丁儿脆，鸡肉嫩，大葱香，米饭混合酱汁的微甜，这种炒饭很开胃。

要是剩了豆角茄子这一类素菜，就切一点五花肉煎出油，然后再一起炒，米饭和猪油加上各种素菜，也是香喷喷的。

最妙的一次，是剩了一小碗香菇鸡汤，把香菇和鸡肉捞出来，用生抽腌制一小会儿，再和剁椒一起炒饭，而汤也再加热一下，吃得有点口干的时候喝一点汤，神仙享受。

只要有想象力，没有什么炒饭，是做不出来的！

CHAPTER 16

吃「**面**」的秘密都在这里了

今日菜单
Today's Menu

葱油拌面、蒸蛋

做法
Skill

小葱切段，
拿油炸到酥了的时候倒入一碗水，
加上一勺糖、
半勺盐和一勺老抽、一勺生抽，
熬出来的葱油拿来拌龙须面，
要想颜色好看还可以切一点点火腿丝进去，
葱香四溢，
面条纯粹，
这就是一碗好面。

蔡要要 by CAI YAO YAO

每当我在深夜感到饥饿的时候，我都想，要是能吃一碗面该多好。

番茄鸡蛋熬得浓浓的，颜色鲜艳，撒一点葱花更加好看，足足地倒在面条上，轻轻一搅拌，这就是一碗好面。

晚饭要是烧了萝卜牛腩，那可就太好了，洗两棵小油菜和面条一起煮好，搁上两块萝卜三块牛腩，这就是一碗好面。

冰箱里一般会备上一小盒肉臊，用小米椒和黄酱一起炒成，这样干拌一碗粗面，多淋一点酱油，最好还加上一点榨菜碎，这就是一碗好面。

五花肉炸得香香干干的，加上切成薄片的南瓜和老干妈一起爆炒，南瓜融化成浓浆，油脂香味也融化在汁液里，热热地浇在细面上，这就是一碗好面。

煎一只完美的溏心荷包蛋，再用剩下的油把几片午餐肉两面煎香，下一包出前一丁，最好是麻油味的，然后把鸡蛋和午餐肉细致地铺在面上，这就是一碗好面。

我们湖南人喜欢吃辣椒炒肉，辣椒要是螺丝辣椒，肉要是五花肉，加上蒜苗叶子和豆豉，一起炒得油足酱浓，下一小把碱水面，放上辣椒炒肉的浇头，这就是一碗好面。

如果有鸡汤，就要下面条了，什么都不需要再放，汤的鲜味足以让面条变得够优美了，最后点上一点胡椒粉，这就是一碗好面。

鲜香菇切小粒和肉丁一起炸得脆脆的，再加上辣子油一起淋在宽面上，汤少放一点，追求的就是那种半干半汤的效果，这就是一碗好面。

花蛤、大虾、鱿鱼，还有海带丝一起滚个汤，姜丝切得细细的，吊一吊汤的鲜味，最后把面条入汤一起大煮，面汤浊却浓，颇具烟火气息，这就是一碗好面。

现在的你，看完想不想吃面呢？

Z H E N G - D A N

B A N - M I A N

CHAPTER 17

我能做到的「浪漫」

今日菜单

Today's Menu

白灼虾

做法

Skill

水烧开后放入两片生姜几颗花椒，然后把鲜虾倒进白灼，虾变色即可捞出，配上酱油醋蘸着吃，挺好的。

蔡要要 —— *by CAI YAO YAO*

平安夜，圣诞节，满街都是相爱的人。

红色的圣诞帽，绿色的圣诞树，把这甜蜜气氛烘托到最佳。

只差一个拥抱，就成为浪漫人群的一分子。

而我在想，什么是浪漫：

一杯热牛奶，打出细腻泡沫，当你喝一口，会长出白胡子。

两片苏打饼干，涂上浓稠酸奶在中间，最后装点上细碎的黄桃果粒，摆在你的电脑旁，等你随手取来。

三颗鸡蛋抽成蛋液，用筛子筛去泡沫，蒙上保鲜膜蒸，就是最细腻的鸡蛋羹，记得出锅时用热油爆香一点儿小葱和红椒末，蛋羹上先浇一点生抽，随即倒上滚油，端到晚饭桌上，你会拍手叫好。

四朵香菇，四片雪花肥牛，一同入滚水，这时再下一小把龙须面，碗底还需要一小勺猪油，热而丰厚，给你当作降温早上的鼓励。

五常米煮饭，上面放一条老家寄来的香肠同焖，饭熟香肠也熟了，油脂浸入饭粒里，只需要再烫一碟蚝油生菜，你就能吃完这锅里的米饭。

六只鸡翅，用黄酒、酱油、孜然、花椒粉一起腌上大半天，等晚上你看球赛的时候正好丢进空气炸锅，十五分钟后就是一道佐酒的最好的香炸鸡翅。

七颗草莓蘸上巧克力，轻轻递到你嘴边，甜。

八两明虾拿来白灼，但醋碟子要精心，姜丝用料酒滚过，夹起来放进香醋里泡一泡，最后滴几滴豉油，你说这样最好吃。

九块麻将牌大小的五花肉，先过油煎酥了外皮，再配上小土豆一起红烧，八角桂皮丁香搁得足足的，老抽上色，啤酒调味，再放些大蒜瓣进去一起炖着，你说这样用来夹馒头倒是挺有趣。

十只菜肉云吞，吊一点高汤来煮，加上虾皮紫菜香芹碎，鲜是鲜的嘞，你会对我挑一挑眉毛。

让你说好吃。

这就是我能做到的浪漫。

CHAPTER 18

女王「西兰花」

今日菜单

Today's Menu

香油西兰花、土豆煎培根、酥炸带鱼、牛奶

做法

Skill

西兰花焯水后拌上芝麻油，土豆切块蒸到微糯后和培根一起炒熟，再加上裹了面衣炸好的带鱼，喝一杯甜牛奶，真是丰富极了啊。

蔡要要 —— *by CAI YAO YAO*

我非常喜欢吃西兰花。百吃不腻。可以清炒，可以凉拌，可以白灼，可以烫火锅，可以做沙拉。

只要是西兰花，我怎么都爱吃。有一次我为了减肥，吃了两个月的西兰花和白水鸡蛋。后来看见煮鸡蛋就想吐，但是西兰花，还是爱吃。买不到西兰花心里就难过。三天不吃西兰花心里会很失落。如果想到永远见不到西兰花，我会死的。

每次去吃自助，我总是一马当先地拿回来一大盘西兰花，等辛苦吃完，别的也吃不太下了，只能徒呼后悔，但是，下次我还是会拿西兰花回来。

因为如果不吃西兰花，又觉得对不起西兰花。怕它伤心。

所以，我找到了很多吃西兰花的好办法。

蒜粒用油爆香，加一点花椒和小尖椒，西兰花炒得脆脆的，非常好吃。

番茄切碎和西兰花一起炒，酸酸的味道融合了西兰花的清香，开胃又爽口。

鸡腿肉煎得两面黄，加上咖喱和西兰花一起煮，浇在米饭上，真的是一顿特别好的饭。

西兰花焯水，拌上芝麻油和一点醋，佐小米粥是极佳的！

里脊肉用地瓜粉抓一抓，和西兰花一起爆炒，放浓浓的酱油，可香了。

还可以西兰花、豆腐、粉丝、土豆和排骨一起煮汤，放胡椒粉和蚝油，土豆会让汤特别浓郁，裹在绿油油的西兰花上，喝一口汤，吃一口西兰花，真是太幸福了。

西兰花炒虾仁，放一点黑胡椒，特别鲜，虾仁和西兰花真的是绝配。

西兰花真的是太棒了，你们看，有这么多这么多的方法可以把它做得很好吃，它实在是很优秀的一种蔬菜，每次在超市看见它，都忍不住要带它回家！

唉，西兰花为什么就是怎么吃也吃不腻呢？

大概是因为真爱吧。你们想，爱一个人，和他怎么相处，也是不会腻的！

每天早上 和你
一起 醒来

X I - L A N - H U A

CHAPTER 19

「减肥」的人不去「健身」

今日菜单 *Today's Menu*

蛋奶烤南瓜

做法 *Skill*

南瓜蒸熟后碾压成泥，浇上蛋奶混合液体，入烤箱烤十分钟，南瓜甜，鸡蛋牛奶香，不用放糖都很美味，还很低脂哦。

蔡要要 —— by CAI YAO YAO

今天我一定要去上第一节私教课！钱都交了！不去真的不行了！你看看我肚子上的肉，你看看啊，我真的不要再当一个胖子了！你知道和人挥手，如果手臂不够结实，肉就会迎风挥舞吗？你知道腰上如果有赘肉，就和挂了一个老式的 BB 机一样吗？你知道腿上的肉，当你坐下来，就会和水一样流淌成一片吗？太可怕啦！！

好！今天就去健身房！

但是……

我早上吃了炸薯饼，这会儿肚子里好胀气，会不会做下蹲的时候就放屁啊？

今天没有修眉毛，这可能会干扰我，在跑步的时候我会想什么？我会想，我眉毛全是杂毛，那还跑个锤子啊！

新买的运动内衣还没有到货，这真的会给一次完美的健身带来不可磨灭的遗憾。

跑鞋上有一点水渍，这可能不行吧？

对了！今天要交稿了！还有一千字没有写！

我现在好困，我先喝一杯咖啡。喝了咖啡是不是不适合健身？咖啡因会不会导致运动的时候心跳过速？我会不会嗝屁？

要不要刷一下朋友圈先？咦，群里好像在说八卦，我不想错

DAN-NAI-KAO-NAN-GUA

过哦。

早上起来洗了个澡，还洗了头，如果现在去健身，我回家就还要再洗一次，那真的太不环保了。

出太阳啦！我应该去郊游！亲近大自然！

得先淘宝买几件新裙子，不然哪来的动力！

手机里的音乐太老了，好的音乐会让我事半功倍，我先找一些完美的跑步音乐！

薯饼消化得差不多了，我得痛快地拉个屎再说。

拉完屎好累，菊花有点火辣辣的，是不是不太适合健身？

辣，辣，辣妹子辣，要不要约人吃火锅？

火锅卡路里太高了吧！我要查一查吃一顿火锅到底多少热量。

忽然想做一个面膜，行动起来，光瘦身皮肤不好也不行的！

《太阳的后裔》更新啦！现在就要看！

老板，什么，现在就要？那我只能现在打开电脑咯。

我妈最近怎么不给我打电话啊？她是不是不爱我了，是不是想生二胎？我都这么大了！我不想要个弟弟！我要给她好好说说这件事！

我还想再刷一下朋友圈。

咦，又有新的八卦！好激动！

今年的流行色好粉嫩哦，我一个少女，到底要不要买粉色的跑鞋？

没有粉色的跑鞋，我不是运动的美少女，不开心。

好像我大腿内侧还有点酸痛，肯定是上次爬山的后遗症，今天我一定坚持不了一小时的，还是改日再去吧。

是不是该洗衣服了？好！今天就是我的大洗之日！

我觉得我浑身发热，是不是有点发烧？会不会是感冒前兆？

明天要早起吧。嗯，是啊。

教练要我吃水煮鸡胸，我还没来得及去买呢。

我不想吃水煮鸡胸。

我。真。的。好。想。再。躺。一。会。儿。

算了咯，那就躺着吧。

今天，真的不适合去健身啊！

一个微笑的胖子，睡着啦！

CHAPTER 20

我特别想吃「火锅」里的「豆腐」

今日菜单
Today's Menu

煎包，豆花

做法
Skill

隔夜的包子用小火煎一会儿，倒进一点水焖热，蘸醋吃，配一碗甜豆花，解腻又让人口中香气四溢。

蔡要要 —— *by CAI YAO YAO*

只要是豆制品，进入火锅就会发出嗷嗷的欢叫！！！！

豆腐类食物太适合涮火锅了！！！

嫩豆腐滑下去，用漏勺捞起来，蘸小米椒和醋的蘸碟吃，稍稍一吸，就滑进去了，烫得舌头一抖，豆腐就溜到胃里去啦，真是爽得要死!

老豆腐要一开始就煮，千万不能心急，等快收尾的时候再吃，所有的汤汁都被吸进去了，那种流淌出汁液的感觉简直是幸福的颤抖……抖……

还有冻豆腐，纤维被重组后会有新的口感，加上因为缝隙变大，会变得更吸汤,久煮不烂的韧劲和豆腐本身的绵软结合得太棒啦！！要奔跑起来啦！！！

豆皮类也杀出重围了！！！妥妥的就是火锅恩物！！

千张是我个人的最爱，只要稍稍烫一烫就能吃，满满地夹一大筷子后和吸面条一样痛快地吃进去，蘸料最好是麻酱，麻酱和千张水乳交融后拥有了馥郁浓香的口感，吃哭我妥妥的!

腐竹也很好吃啊，它嫩、它柔、它细腻、它简约。腐竹的豆香味不知道为何特别的浓，无论在多么辣的汤底里滚过，都不会损失它的本味，咬下去，那种有点豆浆香气夹杂了辣椒爽利的混合滋味顿时在嘴里爆炸，怎么会那么好吃哦！！！

炸豆皮就更精彩了！！因为炸过，只要在热汤里一打转就赶紧夹起来，这样炸豆皮还保留了脆脆的口感，而外部还挂着汤底，嘴里就自然形成了冰火两重天的特别滋味，怎么办，不能自拔啊！！！

接下来就是各种豆干形态的产品了！

先是厚豆干，最适合的是牛油火锅的烹煮，牛油的香气一点点地沁进去，然后再在香油碟子里一滚，包裹了这么多油脂的厚豆干的内心，却还是豆制品本身的韵味。一口没办法吃完，得咬好几口，这种满足是无与伦比的！！！！

然后是薄皮豆干，好吃的点在于和蘸料的配合，蘸干辣椒，那种刺激哟，是可以让人大声喊出来的！吃一条薄皮豆干，喝一口豆奶，这种组合销魂！！！

最后还要大肆褒奖一下油豆腐！你们知道一颗油豆腐有多大的空间吗！太大啦！包裹住的汤汁太多啦！必须要练过的人（也就是至少十次饿极了后去吃火锅的朋友）才能 hold 得住这种美。我现在闭上眼，还能回味无穷！

所以！我要大声疾呼！所有的豆制品！一旦进入火锅！就是！会！让人！泪！流！满！面！！！！！！

CHAPTER

21

吃什么可以觉得「**幸福**」

今日菜单

Today's Menu

盐煎鸡翅、鸡油香菇、蓝莓牛奶麦片

做法

Skill

鸡翅用粗盐抹一遍腌制半小时，撒上花椒、孜然，然后小火煎成金黄，而鸡翅里析出的鸡油则拿来煎几朵香菇，特别香，特别销魂。

蔡要要 —— *by CAI YAO YAO*

任何主食类都可以使人感到幸福。

被雨淋了后的狼狈时刻，请赶回家吃一碗热腾腾的排骨烩面，放多多的千张丝和海带丝，汤浓面香，再咬一口炖得软骨都可以嚼掉的排骨，真幸福呐！

考试不顺利、工作不顺心就要去吃炒饭，饭粒浸了鸡蛋的香，加上葱花、火腿、玉米和榨菜粒，一起在嘴巴里安慰掉所有的不开心，真幸福呐！

早上还有起床气的时候请去买三只刚刚出锅的水煎包，表皮酥脆还撒着芝麻，里面的肉馅饱满带着汤汁，配上一杯温柔的银耳莲子粥，心情豁然开朗，真幸福呐！

强烈建议失恋的时候可以煮一锅美味的粥。为什么说生病要喝粥，可能就是因为那种软糯顺滑非常治愈。而失恋就和生病一样呀，需要治疗和抚慰。用鸡丝、小青菜一起生滚入粥底，滴一点点芝麻油，配上一颗金黄的咸蛋，失恋的痛楚能好上一半，真幸福呐！

平日里的淡淡忧伤也可以吃一点馒头来排解，热热的、白白的、软软的、胖胖的大馒头夹上昨夜的剩菜，或者抹一层厚厚的豆腐乳，甚至什么都不夹，就是撕成小块小块，慢慢地咀嚼，就会有淀粉本身的甜味，不要在窗户前看那朵云了啦，快来吃个大馒头吧，真幸福呐！

有时候会有那种狂欢后的孤单感，昨夜还在和人饮酒跳舞，可

JI-CHI
MAI-PIAN
XIANG-GU

今日就忽然感到莫名凄凉，冷冷清清凄凄惨惨戚戚，这个时刻请果断选择外酥内软的葱油饼，简单的小葱的清香加上面粉本身那种朴素简单的美味，足以应对任何矫情的自我垂怜了，真幸福呐！

想家的时候就给自己煮饺子好了，煮得白白胖胖的，搁上浓浓的醋浓浓的酱油浓浓的辣子，如果不过瘾还可以掰一头蒜，吃好了，就不想家了，真幸福呐！

大家有没有觉得因为冷而感到不开心的时候，可以来两只刚下蒸笼的烧卖，香香热热地捧在手心里，糯米和肉丁完美地结合，吃完就浑身热乎乎了，真幸福呐！

如果梦想受到打击，盆友，我亲爱的盆友！请去你能找到的最正宗的茶餐厅吃煲仔饭，从腊肠吃到芥蓝，从荷包蛋吃到饭底的锅巴，万千雄心从头起，所有的豪情又回来啦，真幸福呐！

为什么总说美食不可辜负？因为食物从不拒绝孤独的人，食物很善良的！不过记得也要去跑步游泳健身啊！胖了就不那么幸福了！

1

我们认识的第三百天
我有了我们的宝宝
你带我去吃火锅庆祝
把烫好的肥牛夹进我碗里
说
谢谢你
老婆

2

我们认识的第四百天
你开始给怀孕的我做饭
你端着炒糊了的番茄鸡蛋沮丧地说
老婆
我搞砸了

3

我们认识的第六百天
你已经能煮出豪华的咖喱鸡了
你得意地问我
老公是不是很厉害

4

那天
我知道了有一种爱
是可以为了爱人
从不会做饭
到很会做饭

PART 3

海风吹醒了厦门

Wake Up Every Morning With You

想吃炸鸡 / 想吃酥脆的炸鸡 / 想吃酥脆又鲜嫩的炸鸡
想吃酥脆鲜嫩还配着啤酒的炸鸡

想吃泡面 / 想吃煮过的泡面 / 想吃煮过又加蛋的泡面
想吃煮过加蛋还有煎培根的泡面

想吃西瓜 / 想吃冰过的西瓜 / 想吃冰过又切块的西瓜
想吃冰过切块还正好一口吞下的西瓜

我馋 / 我想吃 / 我饿 / 我想吃
我的一颗心 / 除了想吃 / 还想你

CHAPTER

01

吃饱了才有力气「谈恋爱」

今日菜单

Today's Menu

玉米、青豆、胡萝卜粒、西兰花、碎蛋、西红柿和牛奶

做法

Skill

玉米、青豆、胡萝卜粒、西兰花一起用水焯熟，配上嫩嫩的炒蛋，清新的一顿早饭。

五十块 —— *by WU SHI KUAI*

一年前，我和要要两个人刚刚到北京，因为工作原因，我们很少有时间能一起吃饭。所以她决定每天早起做早餐，希望我们每天早上都能一起醒来，从开始就好好吃饭。

她为我做早餐，做晚饭，做各种各样她收集的做菜好方子——糯米肉丸的肉糜里放点苹果，炸丸子的肉馅里放点荸荠，啤酒煮鱼不加水，牛肉排骨出锅前再放盐加倍增鲜……和相爱的人一起吃饱，真是一件太舒服的事。

一年后，我和要要、小豌豆三个人在厦门，开始新的生活。

前三个月，她很少吃得下东西，常常吃一口就吐一口，有时候饿得两眼放光，拉着我的手，数着我们以前吃过的好东西。

三个月以后，要要的食量也终于恢复到了正常的水平，有了小豌豆以来第一次有了吃饱的感觉。

所以我想，现在就换我来为你做这些事儿，让你和小豌豆每天都能吃得饱饱的。这样，才有力气谈情说爱，不是么？

CHAPTER
02

「一碗 餐蛋面」

今日菜单
Today's Menu

餐蛋面

做法
Skill

午餐肉煎成两面金黄，
再煎一只荷包蛋，
额外烫一点上海青，
一碗美好的方便面，
可，还是方便面不是吗？
哈哈哈。

五十块 —— *by WU SHI KUAI*

CAN - DAN - MIAN

要要怀孕之后因为孕吐反应很强烈，所以时常要做些其他的事来转移自己的注意力。

于是在这段时间内她的创作欲望爆棚，时常在不经意间就脱口而出一首打油HipHop 歌曲，以下是她最得意的作品之一——孕妇之歌：

我鼓鼓的小腹，

配上我慢慢的脚步；

我圆圆的小肚皮，

里面有 BB。

我打嗝，放屁，呕吐，流口水，但是我知道我是一个好妈妈——要要。

我问吐成一个虾米的要要，到底想吃点什么，她虚弱地躺着告诉我，要吃有肉、有蛋的方便面。

一个孕妇，吃点啥不好，非要吃方便面！

我只能给她做咯，午餐肉也是肉，再煎个漂亮的荷包蛋，好吧，也不是特别漂亮。总之，圆满完成了要要的心愿。

她挣扎着爬起来吃了一口，眼含泪光地告诉我，太好吃了。

嗯，成就感大大的！

CHAPTER 03

「土豆饼」甩你一脸

今日菜单
Today's Menu

土豆饼、芦笋、香肠、南瓜牛奶

做法
Skill

土豆擦丝，
浇进面糊里，
用菜籽油慢火煎得外脆内绵，
再打一杯南瓜牛奶，
淀粉的香气，
真让人满足得不得了。

五十块 —— *by WU SHI KUAI*

T U - D O U - B I N G

昨晚十二点左右，我一把抢下蔡要要的手机说，你这个大蠢驴，快去睡觉！

她说你干吗骂我！（因为我们俩恋爱成功的秘诀就是互相吹捧，每天大概会互相吹捧一百次。关于互相吹捧的故事我们下次再表。）

我说结婚不就是为了能够互相辱骂对方吗？

好啊！你个大傻逼！

什么！你个大王八！

Fuck！你个大牲口！

You！ Why you say English！ Asshole！……

对骂持续了半小时，我们用光了自己所有语言的骂人词汇（如重庆话、湖南话、温州话、闽南语、粤语、加利福尼亚口语、伦敦腔等），最后两个人气喘吁吁地躺在床上，觉得婚姻生活又进入了另一个境界，两个人都心满意足地睡去了。

睡之前，要要告诉我，明天早上，记得给我做土豆饼，土豆丝切得细一点，饼要煎得脆一点，啊，最好还要打个蛋在面粉里，胡椒粉也要放哦。

我不保证我全部听明白了，反正我做什么，她都要吃。

CHAPTER 04

就「炒面」吧

今日菜单
Today's Menu

好吃的炒面、
溏心蛋、
腊肠、
香蕉酸奶、
芒果丁

做法
Skill

腊肠切片，
煎出金黄油脂后和蔬菜一起爆炒，
然后把已经烫成七分熟的面条倒入，
加上酱油一通狂炒，
会很好吃！
信我！

五十块 —— by WU SHI KUAI

厦门终于到了可以下海的季节，我、要要和朋友约好下海玩桨板。要要自诩是厦门环岛路浪里小白条，曾经在海里夜游一小时，大气也不会喘一口。

虽然现在怀孕了，却依然坚持要玩桨板，而不是相对安全的皮划艇。她很愤慨我们都让她去玩皮划艇，呼喊着说，你们为什么歧视孕妇！孕妇怎么了！孕妇也是人！孕妇也有暴露的欲望！更何况我可是个夏日少妇啊！

我们拗不过她，只能让她也玩桨板。我们的计划是这样的，在海里玩累了之后划着桨板到晴天见买两个黄油味的冰激凌吃（虽然不知道今天是什么味，但是兀自地认为是黄油，当然香草的也不错），然后再慢慢悠悠地划回去。所以如果你在海里或者避风港，看见一个孕妇立于桨板之上，在风浪中驰骋的话，那就是我老婆，没错了。

当然大家也知道，桨板这个运动是非常消耗体力的，所以明天早上我要给要要做一大碗炒面，让她吃得很饱，继续去风浪里做那个最酷的孕妇！

CHAPTER

05

解除疲惫最好的「方法」

今日菜单

Today's Menu

全麦吐司、溏心蛋、西兰花、橙子、牛奶

做法

Skill

溏心蛋的秘诀就是，小火煎，学会了吗！

五十块 by WU SHI KUAI

C H A O -

M I A N

每次从海里回来之后，我都会全身酸痛，精疲力竭，躺倒在沙发上动弹不得。可是作为孕妇的要要却在我面前行走自如，还和家里的两只猫玩得很开心。不只是要要，连两只猫也时不时向我投来关（bu）爱（xie）的眼神。

我躺倒着仰天长啸，为什么会这样？！我作为今天桨板进步最快的少年，凭借着桨板上的一条脚绳就敢出海与大海搏斗，何况今天浪这么大，我虽然数次跌进海里，可是站在桨板上依然是稳如泰山！现在不过就是累点！痛点！体力没我怀孕的老婆好点！为何要遭受猫的轻视！为什么！

要要看不下去了，走过来说："老公，我今天要教你我领悟了很久才领悟到的解除痛苦的方法了！"

我说："什么，还有这样的东西，快教我！"

"你知道老人为什么喜欢躺着不断地发出哼哼哼或者唉唉唉的声音吗？因为你躺着用你的胸腔不断地发出这种声音的时候，会慢慢全身舒畅，让你身心放松，心情愉悦，什么劳累、不高兴，马上就能消除！"

于是我们在一长串的哼哼、唉唉声中，完美地结束了运动的一天。

CHAPTER
06

「番茄牛腩面」的归宿

今日菜单
Today's Menu

番茄牛腩面、
香瓜、
酸奶

做法
Skill

番茄四个去皮切块，
牛腩焯水切块，
再来两颗八角一块桂皮，不需要加水，
高压锅上汽后小火煮二十分钟，
打开后，番茄全部融化，
汤汁浓郁得让人要欢呼，
而牛腩也软糯到想流泪，
煮一点面条加进去，呼噜噜吃完，
天啊，感谢上帝！

五十块 —— *by WU SHI KUAI*

F A N - Q I E

N I U - N A N - M I A N

一开始我和要要说给她做早餐的时候，我列了几十种西餐搭配给她看。我说怎么样，有没有很有食欲，拍出来的照片也会很好看。

但是她却面露难色，说："老公，对于一个中华儿女来说，我想吃中餐啊！中餐啊！我想吃馄饨面条红烧肉！肠粉蛋饼面线糊啊！老公！"

我……我……那我还有什么好说的，我就骑着我的车买菜去了！

一开始去的时候要挑上半天才能找到自己想买的蔬菜。我常常傻瓜似的和那些操着一口闽南口音的卖菜阿伯阿姨们问东问西，最后买回去的菜，还是会被要要嫌弃。

但是现在的我，哈哈哈哈哈哈，简直就是菜市场的King，骑着车穿梭在菜市场的各个角落，只要我出现，卖菜阿伯的台词一般都是，小伙子很酷捏，又来给老婆买菜哦，很不错嘞，给你挑最新鲜的哦，称好帮你装车上嚯！

要要说，想吃番茄牛腩面，番茄酸甜，牛腩要软糯。

我已经知道了，番茄要挑本地的，不能太大个，得是小一点、捏起来有点硬硬的那种，才会多汁且酸甜。牛腩呢，则要选颜色红亮，带着一点筋的，这样煮起来口感会更好。

进步实在太大了，要要真是幸福。

CHAPTER 07

「多喝热水」

今日菜单

Today's Menu

白粥、咸蛋

做法

Skill

五杯水一杯米，小火熬两个小时，一碗好粥。

五十块 —— by WU SHI KUAI

B A I - Z H O U

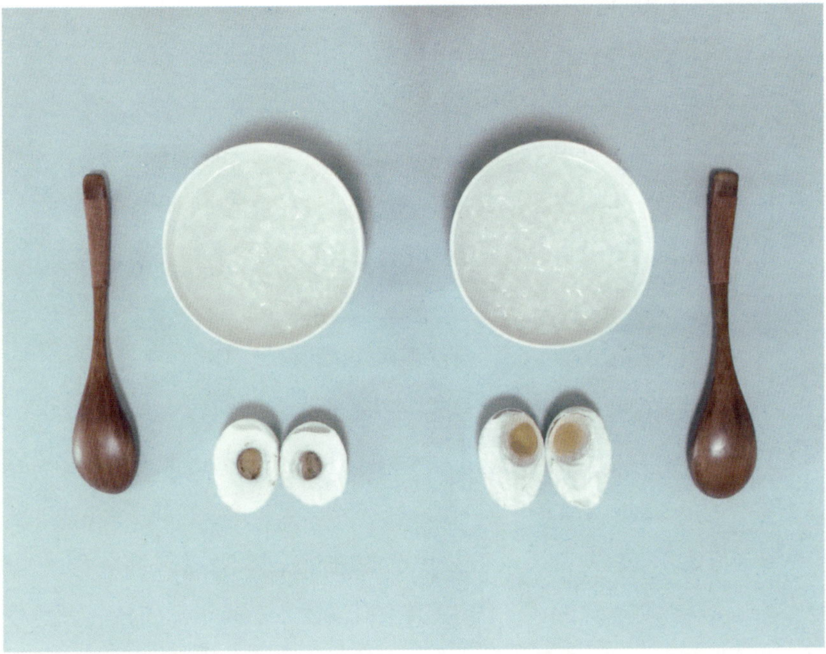

X I A N - D A N

最近要要生病了。确切地说也不能是生病，就是吃多了东西，有些胃胀气。本来正常人的胃胀气一个人搁角落疼几天就好了，但是对于孕妇来说，有一股气在肚子里面跑来跑去，小 baby 可不乐意啊，小豌豆经常用尽全力在肚子里翻来覆去和它追打搏斗。

要要本来胀气就痛，现在还要被小豌豆误伤痛击，每天下班回家，沙发上都是一片哀号。其实胃胀气这个东西吧，只要把肚子里的气排出来就会好很多。把气体排出体外的方法无外乎有两种，一种是打嗝，一种是放屁。要要怀孕之后放屁的技能一日千里，每天都要放数以万计的屁（我对外都是这么宣称的），毫无征兆，毫无顾忌。

她当时非常苦恼，觉得自己不再性感可爱美丽迷人了，还曾经忧心忡忡地问我，老公，这样的我，你还爱我依然吗？说完迅速地又放了三个。

可是在最需要屁的时候，她却放不出来了！这项她并不喜欢的技能好像凭空消失了一样，在她最需要的时候，却再也找不回来了！命运弄人！你永远也不知道宇宙什么时候要你放屁，什么时候又要让你多喝热水和白粥。

CHAPTER 08

「三明治」哭泣的开放式

今日菜单
Today's Menu

开放式三明治
欧包、黄油、西红柿、猕猴桃、蓝莓酱、芒果丁、牛奶

做法
Skill

非常简单，
简单到你需要把水果们
一起铺在烤好的欧包上，
就可以了。

五十块 by WU SHI KUAI

S A N - M I N G - Z H I

要要是一个很爱哭的人，每次我们吵架她都要大哭一顿，眼泪止不住地流。

有一次吵架她又在哭，我说，别哭了，要是在我小的时候，根本没有你哭的份，那时候我比你厉害太多了，只要有一点不顺着我的意，我就坐在地上，大哭！撒泼！一哭一小时，都不带喘的！你能不！

我这么一说她可不高兴了，心想我身高体重比不过你，哭这件事还比不过你么！于是她痛诉了她小时候的哭泣经历："小时候我和外公外婆住，你也知道，我小时候就拥有了作家的感性。有一次外婆和我讲起外公的奋斗创业史，吃过的苦、经历的艰辛，说得我非常感动，说着说着，我就哭了起来，外婆一看，这个好孩子，真是外婆外公的贴心小棉袄啊，真是懂事。后来外婆有事儿，就出门办事儿了，过了好一会儿回来，看见我还在哭，于是就把我打了一顿……小时候我很喜欢玩游戏机，但是外公外婆怕影响我的学习，每次都把游戏机藏到各种各样的地方。后来有一次，我太想玩游戏机了，但是怎么找也找不到，于是大哭起来，外婆多么犟的一个人啊，当然也不屈服，我就哭啊哭啊，外婆也不管我，后来终于有人来管我了，因为邻居不堪其扰报了警。"

……

我跪倒在地："心服口服！"

CHAPTER 09

「油泼辣子面」绝不含糊的

今日菜单
Today's Menu

油泼辣子面、红提

做法
Skill

宽面煮熟，拌上酱油，放一点辣椒粉，淋上一勺热到冒烟儿的滚油，用力一拌。

五十块 by WU SHI KUAI

YOU - PO
LA - ZI - MIAN

最近豌豆胎动得很厉害，经常在肚子里翻滚，然后踢来踢去。我们俩常常瘫倒在床上听他（她）翻身的咕噜咕噜声。但我还没有感受过他（她）的胎动。

昨天要要喊我，说快来快来，快把手放到我的肚皮上。她躺着，我趴在她旁边，一只手轻轻地放在她的肚皮上。整个房间安静下来，我们慢慢呼吸，在等那小家伙踢上一脚。家里的两只猫也出奇地配合，本来还在奔跑打闹的它们，这个时候也静悄悄趴在床头，瞪着眼睛看着我们。我和要要突然一起大叫起来，感觉到没有感觉到没有！说完她大哭起来，道："这是你第一次感受到 BB 踢你哎！"我躺在床上，强装无所谓地说，这有什么好哭的。没一会儿，我的眼泪就唰地掉下来了。

真是，我一个一米七几的彪形大汉，眼泪止不住地往下流。我擦干眼泪不禁感慨，我真是一个说哭就哭、绝不含糊的好爸爸啊！

这么一个果敢坚毅的男人，在面对要要说要吃面条的要求的时候，真的无法拒绝。

我问她，吃一点清淡的鸡汤面好吗？要要说，太腻。

又问她，那么煎一个荷包蛋煮面好吗？要要说，太油。

我只好再问，那素面吧，不油又不腻。

要要恨恨地说，你怎么就不理解我的意思呢，我要吃辣。油泼辣子面！

我不安地反驳说，油泼辣子面就不油腻了吗？

要要掷地有声地告诉我，有辣椒，就不油腻！

一个孕妇，那么喜欢吃辣，让老公真是很难做啊。

CHAPTER

10

「豆角焖面」

祝福你

今日菜单

Today's Menu

豆角焖面

做法

Skill

五花肉切片和蒜子一起炒香，加入豆角一起炒到变色，然后加水和面一起焖熟，出锅后放一点香菜拌匀，很好吃的焖面就齐活了！

五十块 *by WU SHI KUAI*

最近我有点失眠，晚上躺在床上总是翻来覆去睡不着。要要也跟着翻来覆去晚睡了好几天。

几天之后她想了想，觉得这样下去不行，于是想了一个办法帮我睡着，就是在睡前我们要互道祝福语。一直接一直接，一定要说到自己词穷，噎住，满床打滚才结束。每次结束之后我真的是精疲力竭，马上就睡着了。

分享一个充满祝福的夜晚给大家：

我：我祝你成龙成凤；

要要：我祝你坐拥金山；

我：我祝你步步高升；

要要：我祝你招财进宝；

我：我祝你不再吃药；

要要：我祝你心灵健康；

我：我祝你有礼有节；

要要：我祝你贤良淑德；

我：我祝你容颜常驻；

要要：我祝你股票大涨；

我：我，我，我祝你天天有炫迈停都停不下来；

要要：我祝你，祝你老婆珠光宝气，永不停歇；

……

要要最后容光焕发地对我说，明早想吃豆角焖面，五花肉要先煎，豆角要炒得软一点，最后拌上米醋和香菜，好吃！

我只能说，祝你吃嘛嘛香！

CHAPTER

II

一场「游戏」一场「梦」

今日菜单
Today's Menu

辣子凉皮

做法
Skill

凉皮切好，
拌上辣子油、黄瓜丝、豆芽、
面筋、香醋、姜蒜水，
一下子就能吃得眉开眼笑。

五十块 *by WU SHI KUAI*

LA-ZI-LIANG-PI

前段时间迷上了玩Candy Crush，经常打着打着就忘了时间。有一次出门逛街，我负责拎东西，每次她逛完一个店出来我就站在店门口喊她，BB快来快来，然后让她消除最后一个Candy，铛铛铛铛铛铛，找到小熊！所有努力归我，成就归她。

要要逛店的节奏完全匹配了我打关卡的节奏。

找到小熊啦！（耶，买到了一个包！）

又找到一个小熊啦！（耶，又买了一件露背的衣服！）

咦，这关没过去，再玩一次。（咦，这家店没有能看的泳衣，下一家！）

还剩六步了，还没找到小熊！（还有六家店了，还没找到我想要的那一件！）

什么？手机快没电了！（这个商场不行啊！我们换一个吧，Darling！）

后面发生的事情太残酷了，你们可能都不愿意听。只记得我手机没电下线之后，她孤身一人刷了好多的购物经验值……

前段时间要要又说，老公，我很想和你一起打一个游戏，我们组队刷经验，在游戏里面再结婚，再生孩子，你觉得怎么样，让我们做一对花样年华般的让世人艳羡的游戏伉俪怎么样，是不是很浪漫！

我说，好啊，你想玩什么游戏？她说暴雪马上要出一款新游戏叫“守望先锋”，非常适合夫妻玩，但是现在只有 PC 端可以玩，看来我们得配两台电脑了！

我说没问题啊，我现在就去淘宝下单。要要想了一会儿说，等等，我有些犹豫了，你说如果我们沉迷于游戏，最终把持不住，我荒废写作，当然你没什么可荒废的，但是你可能会丢了工作，那个时候我们后悔是不是来不及了？

我：……你快别说，我知道你的意思，到时候给我们留的新闻标题就会从“游戏伉俪携手勇闯‘守望先锋’，羡煞网友终成一段佳话”变成“夫妻二人沉迷游戏丢工作，散尽家财买卖二手电脑”。

我：……我们为什么会去买卖二手电脑啊？

要要：你不是正准备下单买两台 PC 吗？

我：……

CHAPTER 12

如何优雅地「秀恩爱」

今日菜单

Today's Menu

面线糊、油条

做法

Skill

虾皮、鸭血、木耳丝和米线一起煮汤，
出锅前勾一个浓芡，
点上胡椒粉和油葱，
配上刚炸好的油条，
哎哟，也太好吃了吧！

五十块 by WU SHI KUAI

那个时候打车应用刚刚兴起，叫了车送她上车之后，发现有事忘了交代她，觉得车还没开远，在语音叫车的模式里说，要要，你的书摘放你包里了，中午记得回一下编辑的电话。路上小心，到了和我说一声。谢谢师傅，麻烦您开慢点，她有点晕车。然后看着语音传送到一辆车，五辆车，十辆车……没过一会儿她发消息过来说，好的，爱你。

在对异性所有的夸奖前面都加一个"第二"，别人问你谁是第一的时候，就说，当然是我老婆。

在知乎上答所有夸奖女朋友/老婆的题。然后在最后 @ 蔡要要，再说一句"爱你"。

花一天时间环岛，占领微信运动封面，封面是要要的照片。

写一本小说，并且争取出版，扉页上写着，献给我最爱的你，蔡要要小姐。

将社交网络的个人主页的个性后缀改成 lovelele。

和我们每天路过的花店老板娘说好，每天主动叫住她，送她一束不一样的花。

向别人介绍自己的时候说，我是蔡要要的老公五十块。

在白衬衫的左口袋上方绣上她的名字，就在心口上方。

CHAPTER 13

猛男的「美食」

今日菜单
Today's Menu

炸虾、白粥

做法
Skill

虾去虾须、虾线，
洗干净和洋葱碎一起裹上面衣，
入油锅炸成金黄，
咬一口，
虾的鲜美和油脂的香气会一起在嘴中涌出，
嗯，满足！

五十块 —— by WU SHI KUAI

作为一个纯正的猛男，我当然也吃过一点硬汉食品，其中最硬的当然是在太邑吃的“油炸黄金蜘蛛”。

当年和朋友从临沧徒步到大理，两个人在路上结识了彝人大军。

当时两个人没有按既定路线而是选择了较为偏僻的省道，在南涧入口的茶摊遇到当时背着从南涧找的料理食材准备回太邑的大军。大军一副正宗彝人打扮，两边头发刮净向后扎起，穿着的麻布衣服可以让人一眼识出。当时他边上放着一个四四方方的竹篓，竹篓上方拴着一块布，放下来可以把整个竹篓遮住。另一面是两条肩带，可以方便人把它背起来。我们在他旁边的桌坐下，叫两碗茶，却听见竹篓内窸窸窣窣的响动。两个人便好奇地和身边的这个彝人攀谈起来。

“哥们儿一起喝，聊会儿吧。”

“好啊，来坐！”

“也是往大理去吗？”

“也算吧，要先回大理，我出来找一些食材，你看，这不。”然后指了指身边被布盖住的竹篓。

朋友好奇心重，正准备伸手去掀布，大军赶快伸手拦下，自己从竹篓的侧面把布掀开一角，“这东西闹得很，光太重又要开始躁起来了。”我们顺着布掀开的方向看过去，是上百只堆叠着的蜘蛛。不仔细看，并看不出来是什么，只看得到黑白相间的斑纹和长长的脚交错在一起。

我们当然更加好奇了，问："用这个做吃的？"

大军倒不惊讶我们的反应，倒还赞我们看见却不怯："对，这是我们会做的食物，现在的小孩儿都不行咯，都是一些长辈的爱好，心心念念的美味，总是忘不掉哩。"

后来聊起来，大军说他是太邑人，就在大理边上，家里的长辈想要吃"油炸黄金蜘蛛"，而那边的蜘蛛个头都太小，而且味偏苦，就只能来南涧找了。在南涧待了三天，到手这上百只，正准备喝完茶往回走就遇到我们聊上了。反正都是徒步，大家就一起叨叨念念上路了。三个人一直走到大理城，大军邀我们第二天到他家做客，给了我们路线之后，便一个人先行了。

后来我们当然吃上了当时心心念念了一路的"油炸黄金蜘蛛"。那味道如果要形容的话，可能带着一种生脆的香甜和猎奇的重口味吧。当然边吃边喝蝎子酒是必须的。那个酒烈啊，三三两两就让我们迷糊起来。有酒肉的夜晚总是过得很快的吧。

第二天我先醒来，朋友和大军就睡在边上，一个人走在太邑的村庄，听着几家的狗叫，晨雾还没散干净，太阳刚刚升起，暖烘烘的并不热，昨夜的酒并未醒干净，兄弟在屋中熟睡，那种感觉，我至今忘不掉。

CHAPTER 14

有一个有趣的「爱人」是一种什么「体验」

今日菜单

Today's Menu

睡得太晚了，没有做。

五十块 —— by WU SHI KUAI

要要很喜欢笑，笑声几乎是她的杀手锏，无论我多生气、多气恼，只要她一笑，我立马就会神清气爽，爱她依然。有时候，笑这件事情，真的需要天赋。听见她的笑声，你就知道，她，还是那个爱笑的她。

而微信随便一搜“哈哈哈哈”，结果永远前排都显示着她的记录。

你们也知道，作家对生活的感知很敏感。她曾经从我的言行举止怀疑我是一个 gay，和她结婚是要隐婚，然后和我的真命天子在一起，她就会成为可怜的同妻，碍于社会的压力，又不敢离婚，只能任由我在外和男人风花雪月，而她在家一边流泪、一边写作，运气好的话写出一部旷世巨著，杂志媒体采访她的 title 还是“同妻坚韧生活，重压之下终成功”之类的标题。每每想到这里，她就哭出声来，在一个月黑风高的夜晚问我，你和我说，你到底是不是 gay，就算你是 gay，我也原谅你，谁让我贪恋你年轻的肉体。

后来在理解了我不是 gay 之后，要要迷上了写诗。作为一个诗人，藏头诗又是必须跨过的坎，为了弥补对我的误解，我经常在下班回家看见窗户上贴着她的新作：

华山论英豪
杰雄竞争高
最是夜深沉
帅将醉今朝

当然她的水平不止如此，经过婚姻生活的锤炼，她写诗的功力又精进了许多。

在北京的时候，要要去了一家互联网公司做产品运营。但是太久没工作的她常常起不来。很多时候都想请假迟到一会儿或者干脆请假在家。但是，每次想到的一百个请假理由，都会被她以“一眼就能看穿你不想来工作”为由否掉九十九个，剩下一个还是之前用过的。但是她坚信这个世界上有很多和她一样在受苦受难的人，大家真的需要一个东西把自己从请假这件事情上解脱出来啊！于是她设计了一个 APP，叫“请假宝”。这个“请假宝”呢，一打开，就只有一个圆形的按钮，写着请假两个字。你在第一次使用的时候，点击请假，会要求你输入你上司的手机号码和你的请假理由，这里也会提供一个“请假库”让你选择，“请假库”里不仅有理由还有照片，比如你说去打针，就有手上插着针管的照片给你选择。当然她最后希望的是做成 UGC，通过大家的力量，让请假不再难。你选好之后就可以定时发出去了。早上再也不怕睡过头，再也不怕不想去公司但是想不出理由了。因为这里，有千万和你一样的人。

如果你想偷懒，全世界都会来帮你，就是她的 slogan。

我们虽然有产品设计师（我）、产品运营（要要），但是没有工程师帮我们开发。她内心的恨呐，于是暗暗决定如果以后有了宝宝，从小就要教他编程，这样等他长大了，我们就是谁也拆不散的互联网创业铁三角！

后来我们真的有了自己的宝宝，要要怀孕了。她突然一下子戒掉了抽烟和喝酒这两样作家必不可少的习惯。曾经有一个著名作家张春说过：“我这辈子，一半的时间在找打火机，而另一半，则是在找烟。”足以说明这两样东西对于作家的重要性。但是她为了BB，毫不犹豫地放弃掉了，真的很有男子气概，以至于婚后生活我为了报复她说我是 gay 的事，经常在午夜梦回的时候质问她到底是不是变性人。

扯远了，我现在要说的是要要的第三大癖好，就是她很喜欢穿得特别暴露。这里的暴露没有其他出格的意思，就是喜欢在夏天穿得很少。但是作为一个孕妇，在夏天能穿的服装，怎么看都像一个裹得扎实的大妈，这对她来说简直是灾难，她常常大喊，我一个少女！为什么！夏天要穿这么多！于是她淘宝上的搜索历史里面的关键词都是“孕妇深 V”“孕妇礼服”“孕妇少女”……

有一次我陪她去做产检，她从诊室出来之后垂头丧气，我问她怎么了，她说我遭到了孕妇的排挤，她们都在三两成团地聊天，都没有人理我。我说会不会是你太敏感啦，可能她们不是故意针对你的，只是没看见你。她说排队的时候，后面的孕妇越过我和我前面的孕妇聊了起来，完全忽视了我的存在！少女就得被人排挤吗？少女就不能怀孕吗！哼！

有一次我们在北京的八号线上，那个时候神经猫正在刷爆着朋友圈。我说如果我们要做一个 H5 小游戏的话，我们可以做什么呢，最好也要能引爆朋友圈，引爆，你懂吧，我们来脑暴一下！

她说，到站之前我能给你想一百个游戏出来。

我说，那么厉害，说说看。

她说，你不是爱吃香菇吗，我们就做一个香菇忍者的游戏，天上不停地掉香菇，然后我们给香菇切十字……不喜欢吗？那这个怎么样，天上掉屎，有一个人张开口去接，我们可以给这个人一个名字，然后分享到朋友圈的文案就说，今天 ×× 又吃了 ×× 坨屎啦。做恶心营销，反其道而行之……怎么样？你还不喜欢？我还有我还有……然后哗啦啦地和我说了一路。

那个时候我想我把这一百个创意发出去，可能也能反其道地刷爆你们的朋友圈。

要要怀孕之后有一些改变，就是以前很爱吃肉的她，现在看见肉就想吐，但是非常喜欢吃蔬菜水果。我说难道是因为 BB 爱吃素，我知道了，一定是乔布斯转世！我邵某人的基因加上他爱吃素，乔布斯没跑了！

要要：但是吃素的话，为什么一定是乔布斯呢，也有可能是延参法师啊。

我：……

后来我们到了厦门，在同一家公司工作，她觉得应该在公司确立我最帅的地位（公司竞争很激烈），于是连夜在淘宝赶制了一面锦旗，第二天顺丰快递寄到了办公室。我打开快递之后，公司在死一般的沉寂之后爆发出了雷鸣般的掌声,大家纷纷在锦旗旁边合影。至今，旗子还挂在办公室最显眼的位置。这也是我们公司从一家互联网科技公司向机关单位转型的重要标志。

有趣的事儿实在是太多太多了，以至于我哀求她带我出道，待她成名之后帮她写成名花絮。

我和要要在网络上认识，后来我带她到北京一起生活，再到后来她有了我们的孩子，我们回重庆结婚，然后一起回到厦门，中间发生了太多的事情。不管波折也好、阻碍也好，她也总能想出一些稀奇古怪的方法应对，再不济笑笑就过了。大不了哭一哭、吵一架，十二小时以后又是一对互相吹捧的情侣。

一个人的时候，有趣是一个人的事，两个人的时候，有趣就能给我们所有。有时候看到对方的幼稚、好笑、搞怪和莫名其妙的小情绪，觉得这真是会发光的东西，被你看到，你该多幸运啊。

CHAPTER 15

「买车记」

今日菜单
Today's Menu

菠菜鸡丝粥

做法
Skill

鸡脯肉切成细丝，用地瓜粉抓一下，在已经熬好的白粥里一起煮一下，再把菠菜切碎倒进去，加一点生抽调味，很鲜美。

五十块 —— *by WU SHI KUAI*

因为宝宝即将出生，我和要要便把买车的事情提上日程。由于我们刚刚工作，也没多少存款，所以一开始便把买车的预算定在十五万，并且这个车的安全性要很好，其次空间要大，一家三口短途旅行行李要装得下，另外很重要的一点就是要美。

然后我就在汽车之家上按照这个价位和要求按图索骥，结果当然没有这么好的车。我从大学起就很想买一辆 MINI，MINI 这两年除了五门五座，还出了 SUV MINI COUNTRYMAN，一个胖乎乎的硬汉，安全性也很高。现在只剩下一个缺点，就是超出我们的预算两倍。

于是我向要要提议说我们干脆就买一辆 MINI 吧，价格也就贵一倍而已（假装不心虚地说）。要要高兴地拒绝我说，当然不可能，孩子可还有很多要花钱的地方呢。

我想这样下去不行啊，我得想想办法。于是我改变策略，只要在街上看到路虎的时候，就夸赞路虎的设计阳刚有美感、安全性高、操控好，而且空间足够大，我彻底被路虎迷住了，不行，这辈子我非买路虎不可了，不行了，没有路虎我可能就不会再开车了，只有路虎才是我的解药，请给我两分钟让我向你诉说我对路虎的爱……那段时间我就这样给她洗脑，路虎最便宜的也要四十多万。

在她有点迷糊我到底是不是真的这么爱路虎的时候，我向她提出了一个不成熟的小建议，要不然我们还是买 MINI 好了，MINI 又便宜又好看！

一对比价格，她觉得是啊，MINI 便宜很多，买买买！

虽然后来我的这个小计谋被识破了，但我还是晓之以理动之以情地说服了她，我当时是这么说的："像我们这么美貌的人开一辆长城哈弗，你能想象吗？我们出名了以后，被记者偷拍，你是想从长城哈弗里面出来，还是想从性感迷人的 MINI 里面出来，你好好想想吧。"

后来我们就买了一辆 MINI，取名曰：十万马力。

要要说，要让"十万马力"带着我们，一起奔向更好的生活！

CHAPTER 16

一些可爱的「瞬间」

今日菜单
Today's Menu

可爱的煎牛排

做法
Skill

牛排用保鲜袋密封好放在
八十摄氏度的热水里浸泡十分钟，
然后捞出用小火两面煎熟，
磨一点黑胡椒，
嫩度会刚刚好。

五十块 —— *by WU SHI KUAI*

我说，老婆你怎么傻乎乎的，要要怒而呵斥之："你老婆才傻乎乎的呢！"

要要看电视说六个核桃可以补脑，窃喜自己有救了，赶忙披上外套出门去买，结果门刚关上就发现没有带钥匙，我当时正在千里之外，没有备用钥匙，于是她又花八百块撬锁换锁，后来她感慨道：六个核桃也不能治脑残！

有一次要要自信地走进电梯，却发现电梯没有任何反应，大惊，大叫完蛋了，要困在电梯里了！我只得冷冷地说，老婆，你没有按楼层。

很早以前要要就意识到自己有点脑残，于是她下定决心去药店买脑残片吃，问店员有没有吡拉西坦片，店员想了一会儿，恍然大悟道，就是脑复康啊！又打量了她一会儿，问，你脑子啥问题？她坦然回答，有点转不过弯来。店员点点头，那是可以吃！

每次都要求我脱光了在家里边走来走去边抽烟，每次我拒绝她的请求，她就说，唉，难过，心好疼，我的人生还不够艰难吗？

要要经常穿着拖鞋瘫死在沙发上，有一次我皱眉走过去和她说，BB 鞋底很脏啊。她立马坐起来狠狠扇了自己几巴掌大喊，我不是人！我肮脏！我邋遢！我一无是处！我惊呆了，她马上趁机又穿着拖鞋继续瘫死。

要要的编辑问对新书有什么想法，她说建议在书尾放上她的写真，或者在封面印上她的自拍，再不济也要有她的照片做成书签随书附赠。编辑："哈哈哈哈哈哈，你真是太搞笑了！"她在和我讲到这里的时候认真地和我说："可是我没有搞笑啊。"

要要为了拖稿不得不把签名改成"发烧了"，过了一会儿在看日剧的她得意忘形发微博说瑛太真的太可爱了，这时候编辑及时发来了一条微信：我有加你微博。

一个要要的日常：

"我要热舞了！我的电动马达臀已经燃烧起来了！摇起来！摆起来！老公！我们跳起来！

"老公！

"老公！

"康姆昂！

"老公！看到我的惊人舞技没有！

"老公！

"啊，老公快来！我胯好像扭到了！我不能动了！啊！要死要死要死！"

只要她深情地注视着我，说："老公你真帅，英俊，腿长，肌肉有力，每当注视你，我都感到灵魂的悸动。"我都会转脸对她说："不能再买包了老婆。"

啊，我老婆真可爱啊！

CHAPTER 17

「每周的最佳时刻」

今日菜单
Today's Menu

花生酱拌馄饨

做法
Skill

小馄饨煮熟，拌上花生酱、酱油、葱花，非常简单又非常好吃。

五十块 *by WU SHI KUAI*

我和要要呢，可能是由于太闲了，所以每周都要挑出对方的一个最佳时刻。

我上周的最佳瞬间竟然是开车的时候切到杰伦的歌的时候莫名其妙地“欧”了一声。要要的描述是掷地有声的四个字：超有魅力！

她大概给我描述了一下当时的场景。开车从公司到家，需要十分钟的时间，车开上演武大桥的时候，落日在我们身后，后视镜反射出的落日的黄晕在追着车跑。车里电台的歌刚好切到周杰伦的《可爱女人》，前奏起来的第八个音节，你跟着节奏的那一声“欧”，配上从我这个角度看过去的侧脸，实在是太！有！魅！力！了！

在确认要要暂时还不想买包之后，我认可了她对我的这次我理解不了的赞美。

而我上周挑出的她的最佳瞬间是，有一天早上我迷迷蒙蒙地还在睡梦中的时候，就听见要要直挺挺地躺着，动情地念着一句诗：“幽兰露，如啼眼，无物结同心，烟花不堪剪。”原来是她在给肚里的豌豆讲中国古代文学史，从汉赋讲到唐诗又讲到宋词，从司马相如讲到初唐四杰再讲到婉约派。诗歌加上美人，我睁开眼呆呆地望着都没舍得翻身。

就在我愣神的时候，要要狠狠踢了我一脚说：饿了。

于是我在这种“天降美好于斯人也，必先劳其筋骨让其做早饭”的荣光中，去给要要拌馄饨了。

CHAPTER 18

「跳舞」谈恋爱不如

今日菜单
Today's Menu

会跳舞的日本豆腐煮肉末

做法
Skill

里脊肉剁碎和日本豆腐一起煮汤，出锅前放几片生菜叶子，还要放一点胡椒粉和虾皮，淡淡的好吃。

五十块 by WU SHI KUAI

要要是一个很喜欢尬舞（闽南话里面斗舞的意思）的人，一言不合就要跟人尬舞。

自从《不如跳舞》这首曲子火了之后，就成了她的尬舞主题曲。在家里，她不惜一切代价要我答应，只要这句歌词响起，如果我没在忙，就要摆出自己最酷的舞蹈动作向她展示，然后两个人用舞姿决定胜负；如果我正在忙，就放下正在忙的事情，摆出自己最酷的舞蹈动作向对方展示，然后两个人用舞姿决定胜负后再接着去忙。我说你放心，我是那种不懂事的老公吗？

比如，我俩坐在沙发两端一个在看书、一个在画图，这时候一个不留神，我俩就抬起头进行了一个巨大的眼神交汇，我们顿时腾的一下站起来，扭动身体在对方面前晃来晃去最后挑一个高难度动作定住。

再比如，在公司起身去倒杯水，经过对方椅子的时候，非要作死吟起那句“谈恋爱不如跳舞”，腾地站起来当着同事的面跳了一阵，其间还成功安利了公司的另一对情侣一起来跳才罢休。

还有，在回家的电梯上对视 3 秒后热舞并臆想监控视频流出的话怎么办，对这样突如其来的红真的一点办法都没有，后来一个月过去了，什么动静也没有。

即使已经累得瘫倒在床上，只要那一句歌声响起，尬舞之魂就不曾停止。

每一个不曾起舞的日子，我都觉得好爽啊！——弗里德里希·威廉·五十块

（原句出自弗里德里希·威廉·尼采——每一个不曾起舞的日子，都是对生命的辜负。）

CHAPTER 19

当我们无聊的时候
我们在「做什么」

今日菜单
Today's Menu

三文鱼沙拉

做法
Skill

烟熏三文鱼拌上大量香菜末，然后要放很多芝麻油，这是一种很有法国风情的吃法哦！

五十块 —— *by WU SHI KUAI*

要要之前送过我一件T恤,T恤上面有三十六只不同样式的企鹅，她因为无聊给每只企鹅起了名字并做了详细的人设，详细到每只企鹅的家庭关系都异常的清晰，然后整整给我讲了一晚上。后来我每次穿起这件衣服都感到无比沉重，觉得我身上不只背着三十六条鲜活的生命，更是三十六个嗷嗷待哺的家庭啊，不敢不努力，不敢苟活啊!

有一天上班的时候瞥了一眼要要的电脑，她好像在和某个客服聊天，她看到我在看马上切换了网页标签，我看标签上写着“订单×××”，心想难道又买了什么礼物送我，要给我惊喜！我最后还是没压抑住心中的雀跃问她，给我买了啥呀，她说，我在网络算命。

要要以前会去跑步锻炼和减肥，每当要要要跑不动的时候她就会为自己加油鼓劲，大喊道：“蔡要要，你还想不想要盛世美颜！”每次都能引来无数路人的侧目，“盛世侧目”达到。

有一天，公司的工程师王king正在复述他昨晚听到的一句文案：“愿你的内涵配得上你的容颜，建议我们把即将新开的打钱功能设立一个默认文案，愿你的赞赏配得上你的容颜。”我听完之后不假思索地说，我觉得我的一切都配不上我的容颜。顿了一会儿，除了我的老婆和孩子。又顿了一会儿，哎，幸好我有了老婆和孩子，生活总算有了奔头。

结婚以后要要曾在午夜拷问我是不是同性恋，而我也试图力证她就是一个变性人，你来我往，一对奇葩的婚姻总算完整了。

……

当我们无聊时我们在做什么？在用生命写段子啊！

S A N - W E N - Y U - S H A - L A

CHAPTER 20

「如何讲早安故事」

今日菜单
Today's Menu

肉粽

做法
Skill

肉粽煮熟，对，我买的现成的肉粽。

五十块 by WU SHI KUAI

自从要要开始用中国古代文学史、唐宋八大家、古诗词赏析作为肚子里孩子的早安故事之后，我，一个争强好胜的人，是不可能不做出任何回应的。

我必须得讲点具有我强烈标签的内容，让孩子出生以后，只要听到这个内容，就会想起他爸，至少在他的人生中，要留下浓墨重彩的一笔啊！

我这样想着。

作为一个互联网公司的产品经理，经过一系列的 SWOT 分析之后，我决定的早安故事内容是——互联网发展史之那些传奇的产品经理们！我会按照我心中的排名给豌豆讲讲这些改变世界的产品经理和他们所做的产品。首先我会讲讲乔布斯，stay hungry stay foolish，发人深省！接着就是 Google 的 CEO Larry Page，这个时候必须得举一个百度的反例让内容更立体了！张小龙在我心中是排第三的，微信连接了我们生活的各个方面。然后我就会悄无声息地把我自己加到小龙后面，虽然我还没有做出什么改变世界的产品，但是等孩子出生以后，也许他的脑内会残留一点关于这些内容的记忆。

而那个时候，我应该就已经做出来一款惊世骇俗的伟大产品，让我的孩子为我骄傲。

想到这里，我不禁为我自己的机智鼓起掌来。

B　I　N　G

1

我们认识的第七百天
女儿来到了我们身边

2

你熬了鸡汤
一口一口地喂我喝
你说
辛苦了
老婆

3

你还说
女儿
你知道你有多幸福吗
你妈妈做饭可好吃了

4

我想说
你知道我有多幸福吗
可以三个人一起吃饭

5

原来幸福就是
能和深爱的人
一起吃饭

PART 4

请和我们一起醒来

Wake Up Every Morning With You

如果有一个事情 / 可以让我们不再肚饿
那会是什么呢 / 毕竟啊 / 炖好的排骨是那么香 / 炸好的肉丸是那么脆

比吃还要重要的大事 / 我猜
就是有一个小小的人儿 / 摇摇晃晃地走过来 / 抱住我的腿
对我说 / 嘿 / 你好呀 / 我来了

CHAPTER 01

是「女儿」还是「儿子」

今日菜单
Today's Menu

小米粥、凉拌千张丝

做法
Skill

千张切了细细的丝，黄瓜也是，用擦子擦出细丝，然后小木耳（一定要是那种小朵的）微微焯水，拌上米醋、芥末、花生碎，特别好吃。

蔡要要 —— *by CAI YAO YAO*

当肚皮日益拱起来之后，我终于还是忍不住问了五十块那个所有的准妈妈都会问的问题："你喜欢女儿，还是儿子？"

五十块连犹豫都没有犹豫一下，眼睛也不眨地立马给了我答案："我想要女儿。"从那天开始，五十块似乎就已经默认了，我怀的一定是一个女儿。只要谈到女儿，他的眼睛里就会闪出希望的光彩，兴致勃勃地对我描述，要是个女儿肯定太可爱啦，她一定非常漂亮，眼睛像我，嘴巴鼻子像你。她一定也很爱笑，这个和你一样，对着我咯咯咯咯，啊，我的心啊，融化了融化了。

五十块说着说着就陶醉了，一副女儿已经出生，正躺在他的膝盖上和他嬉闹的样子。他站起来，走到窗户那里去看着我家勉强可以看到的那一点点海景，站了几分钟回来，眼角居然还有点湿润。他感性地说，以后女儿还可以骑在我的肩膀上，我带她去看整个世界，真是太幸福了。

接下来五十块就一发不可收拾了，彻底变成了一个感性的爸爸，每天都陷在有女万事足的巨大幸福中不能自拔。

他看见路上有爸爸带着女儿在玩滑板车，他会立马指着那对父女说，你看，和女儿玩滑板车哦，真好！然后五十块眼中就会泛着泪光，浑身散发出人性的光辉。

他看了一个广告，广告里爸爸送女儿出嫁，五十块居然也哭得泣不成声，他一个皮肤黝黑的大汉，居然伏在办公桌上成了个泪人儿，许久才抬起头抽抽搭搭地对我说，女儿嫁人了，她居然要坐那个臭小子的车，不肯坐爸爸的车！五十块伤心欲绝，直到晚上连啃了十个鸡爪子才复原。

他有次正在看电视，里面一个可爱的小女孩，只是说了一句，我想爸爸了。五十块顿时指着那个女儿对我洋洋得意地说，你看，女儿总归是想爸爸的，啊，我真幸福。他畅想着女儿出生之后的样子，瘫在沙发上，傻笑了整整一个下午。

连我妈妈也被五十块影响了，每天晚上都打电话来叮嘱我要我多吃一点核桃，她的理由是，如果是女儿，头发不浓密可就完蛋了。我小心翼翼地问她，要是个儿子呢？我妈妈想了一下，给我的答案是，儿子头发少一点倒是无所谓，随他去好了。

在这种全家人都殷切地希望是女儿的环境里，我的压力顿时好大。要知道，生不生女儿，这可不是我能控制的。我有点忐忑地问五十块，万一，我是说万一，万一是儿子呢？你会不会不喜欢？

五十块的回答并没有让我好受一点："儿子也很喜欢啊，但是，但是女儿的话，我可能会更疼她一点，好想对女儿万般宠爱哦，给她当大马骑，给她买漂亮的花裙子，把所有的洋娃娃都放在她的床头，亲吻她的额头哄她睡觉，每天让她坐在我的背上做俯卧撑。”

怎么可以这样……

那晚我辗转难眠，终于在深夜三点哭出了声，我摇醒五十块哭着对他说，如果是儿子，你会不会就离家出走，不要我们母子？儿子也没有错啊，儿子也应该被好好宠爱！

五十块吓坏了，他赶紧起来给我热了杯牛奶哄我喝掉，等我平复一点告诉我，放心，我绝对不会离家出走的，我还要揍儿子呢！

女儿和儿子的待遇，真的也差得太多了吧！

CHAPTER 02

为什么大家都喜欢恐吓「孕妇」

今日菜单
Today's Menu

皮蛋瘦肉粥、炝拌花菜

做法
Skill

皮蛋切丁，瘦肉切丝，加上少许姜丝和白米一起煮粥，要放一点蚝油，会更鲜美呢。

蔡要要 —— *by CAI YAO YAO*

自从宣布了怀孕的消息当上了准妈妈，我忽然发现身边的人都不约而同地患上了一种怪病——恐吓孕妇综合症。

我一直相信，我身边的每一个朋友都是善良朴实的好人，直到他们发现一个孕妇，好像怀孕这件事可以勾起所有人内心深处的恐惧，还有最黑暗和最冷酷的一面。不管是好朋友，还是朋友，还是熟人，总而言之，他们都在得知我怀孕后迅速结成了同盟，共同为了一件事而不懈地努力——恐吓孕妇。

首先收到的恐吓是来自生产的可怕。一大拨生完孩子的妈妈们正在赶来，她们纷纷用一种过来人的姿态警告我，真的很疼。我颤抖着问，那到底有多疼呢？她们绘声绘色地形容，疼死啦，生的时候疼得你哭爹喊娘，疼得你拉屎拉尿，疼得你菊花都要翻出来哦！天啊，不是生孩子吗，为什么非要翻出菊花啊！我小心翼翼地接着问，那剖腹产会不会好一点？妈妈们顿时头摇成一片，瞪圆了眼睛看着我说，你知不知道，顺产的孩子比较聪明！

我也是顺产，我怎么没有看出来我比较聪明，还有人家真的不想菊花翻出来啦！

然后下一轮恐吓来自另一大拨生完孩子的妈妈。她们则拼命地向我描述孕期的可怕，准确地说，是孕激素的可怕。我现在已经明白了，一个女人，如果要变成一个怪物，那么就让她怀孕，因为孕激素就是世界上最可怕的病变成分，足以让任何一个女人，变成一只猛兽。妈妈们告诉我，首先我会变丑，大概会从一个小猪变成一头水牛，笨重得摸不到自己的脚尖，还会控制不住地放屁打嗝打呼噜，连头皮屑都会变多。而且身上会长出一些奇奇怪怪的东西，比如痘痘，比如痣，比如妊娠斑，比如不知道什么的什么。还有情绪会喜怒无常，一会儿多愁善感一会儿暴跳如雷，要多让人讨厌就多让人讨厌。妈妈们含着泪花对我说，相信我，这十个月的你，将变得你自己都不想多看一眼。

我只是怀了个孩子，但是我也不想变成一个万人嫌啊！

还有一种恐吓就是来自各位医护人员和亲友的医护人员朋友。我真的知道医护人员是严谨的也是关爱我们孕妇的，可是能不能不要把话说得这么不明不白？什么叫作不排除宫外孕可能？又什么叫作停胎的风险在所难免？还有什么叫作小心流产？我知道你们是为了我们孕妇好，但是你们这样一句话我真的可能吓到一晚上都睡不好觉呢……

还有医护人员朋友你要说清楚什么叫年龄略大的产妇，你出来我们好好聊一聊！

最后一种恐吓叫作你的孩子迟早保不住。如果前三种恐吓我尚能苟延残喘地扛住，面对这最后一种恐吓，我真的也有一点心力交瘁。我亲爱的朋友们，请不要再向我传达任何你们目睹、听说、上网阅读、小道打听来抑或是任何不知道在哪里得知的 × × 的孩子没

QIANG-BAN-CAI-HUA
PI-DAN-SHOU-ROU-ZHOU

保住的消息了！

我已经听闻了无数的人间惨剧，比如 × 姓孕妇因为偷吃了一根雪糕咣当孩子没了的噩耗，又比如 × 姓孕妇因为去电影院看恐怖片吓得当场流产的悲剧，还有 × × 朋友的朋友的朋友的孩子因为妈妈胎教音乐没有选好孩子性格暴戾怪异所以千万不要在怀孕的时候听死亡金属。

今天我不经意和一个朋友提到等孩子出生了我想搬去新房子住的消息，朋友马上皱起眉头告诉我，她的朋友就是因为怀孕期间住了新装修的房子，孩子就患上了少儿白血病，而且因为装修甲醛超标，这种导致新生儿得白血病的概率非常大（也提醒其他准妈妈注意）。

直到现在，我还在这种惊恐里无法走出。

真的，当一个孕妇太惨了，她要承受的太多了。

对她们好一点，她们想吃皮蛋豆腐不放葱，就别放了，好吗？

CHAPTER

03

等待了三个月的「酸豆角拌面」

今日菜单

Today's Menu

酸豆角拌面

你真的很难拒绝喜欢吃这种带着中国风的扎实早餐的老婆

做法

Skill

酸豆角加老干妈爆炒，和黄瓜丝一起拌面，多放一点酱油，酸爽极了！

五十块 by WU SHI KUAI

最近发生了好多事啊！

于是我在朋友圈发了条状态：敬告各位已婚的朋友，即使是自己的老婆，在公众场合也不要乱摸。前几天我和要要逛超市，她在挑东西，我就站在她后面，手放在她的屁股的位置摸了两下，后面冲上来一个女生抓住我的小拇指就咔嚓往后拧，还说我连孕妇都不放过。我怎么了，我不就摸了我老婆两下，手指就骨折了。

对，我的手指骨折了，还是被一个陌生人掰折的。由于太像段子，我收获了自我在朋友圈出道做段子手以来获得的最多赞。后来不知道被哪个朋友转到朋友圈，还被微博的竞争对手（也就是微博段子手）当作自己的原创发了出去。我真是，用生命在写段子。

然后一个多月的石膏，一个多月恢复，也就断了曾经信誓旦旦地说要给老婆和肚子里的孩子做早餐的事儿。所以你如果在这几个月里面经常在沙坡尾看见一个右手打着石膏脚底踩着滑板、左手还拎着一堆早餐的亚洲英俊男子，不要怀疑，那就是我。

后来的后来，要要作为一个孕妇，扛起了一个家的重担。比如自己开瓶盖，自己把脏了的衣物扔进洗衣机并亲手晾好，自己为我们一家三口烹制晚饭，还有自己往淘宝购物车搬运喜欢的东西……真的辛苦她了。

宝宝也在一天一天地长大。有时候我们讲一些烂梗，要要会突然喊，这里这里，你摸他（她）鼓起来的小脚印。有时候是双手顶住肚皮，做“让我出去”状。有时候要要吃点辣的东西，他（她）就用脚踢一踢她的胃，就像说好辣啊好辣啊！有时候在里面翻滚吐泡泡，有时候又会在一分钟之内打个组合拳。

有时候我们也说他（她）的坏话，一本正经地摸着肚皮教育他（她）。后来忘了从哪儿看到的，说婴儿在羊水里的排泄物他们其实会自己吃掉一部分的时候，我们两个哈哈大笑了一整晚，说你再怎么折腾也原谅你吧。

因为孕晚期宝宝胎动会频繁一些，经常弄得要要晚上睡不着也睡不好。于是我又想出了一个帮她助眠的办法，就是逼问她回答知乎上的那些“奇葩”育儿问题：

如果我们的孩子被人骗“你是捡来的”而大哭不止，你要怎么办？

四岁的孩子玩 iPad 玩到不想上学，应该怎么办？

如何让一个六岁的孩子相信这个世界上没有鬼？

如果有朋友的小孩来家里玩，索要你孩子的玩具，你要怎么处理？

如果你的孩子在学校遭遇校园暴力事件，作为家长你要怎么处理？

我的孩子上高中住校，品学兼优，我在他的手机里发现了他在宿舍和一个女生做爱的视频，还是第三者拍的，我应该怎么办？

……

不知道大家有没有注意到，我选的问题年龄段是从小到大的，一般问到高中这个年纪的问题的时候，宝宝的一生应该已经在要要的眼前划过上千遍了，这个时候她精疲力尽，说，老公，为什么我们要如此苦苦相逼。然后就会沉沉地睡去。

还有就是，名字完全没有取好！后来要要想了一个办法，就是套用公式，根据到时候孩子出生的时间地点，取其中一个字，然后就叫“*生”。在我们的产品登录 App Store 那天生的话，就叫“爱普生”；如果在看《琅琊榜》的时候生就叫“赤炎生”；如果在锤子发布手机的时候生，就叫“锤生”，并以此类推……

要要身边的两个朋友也怀孕了，有一天其中一个朋友给她的孩子取名叫“林中小路”。我们听后惊为天人，觉得好棒啊，四个字的果然很洋气！于是取了一个名字叫“邵小离家”。我们当时已经想好了，当孩子十多岁的时候，学到“少小离家老大回”这句诗，回来问我们的时候，我们就可以对他说，这个梗我们埋了十几年，终于被你发现了！！！（但是唯一的隐患就是怕孩子知道真相的时候离家出走。）

刚刚说到取名的事儿，要要的另一个孕妇朋友也不甘人后，虽然名字还没取好但是也不能输，于是连夜设计了自己的家徽和家规，才安心睡去。要要问我，我们怎么办。我说没事儿，我们的孩子最先出生。到时候和他们组成幼儿园 F4 的时候也是道明寺。

孕妇圈的竞争，波涛暗涌，可见一斑。

再后来，再后来我的手终于拆了石膏，第二天早上我艰难地从床上爬起来做了两碗酸豆角拌面，祭奠我曾经灵活的右手和喂饱我最爱的人。

CHAPTER
04

我要做沙坡尾最帅的「爸爸」

今日菜单
Today's Menu

牛丸汤

做法
Skill

萝卜切丁，
和牛肉丸一起煮汤，
萝卜煮到软软的，
里面的甜味就会融到汤里，
和劲道的牛丸搭配，
口感好极了。

五十块 —— *by WU SHI KUAI*

自从搬到沙坡尾的时候我就暗暗咬牙地对自己说，男人，就是要对自己狠一点，特别是一个要做爸爸的男人。于是我转头就花了两千块办了一张家附近健身房的年卡。后来证明我说的狠一点并不是健身健得厉害而狠，而是花钱花得太狠。

于是我变成了一个健身的年轻准爸爸。在办了健身卡之后，我又马上下单了一本《施瓦辛格健身指南》，看着里面插图的肌肉男，我心中又浮现出很多问题：有了那么多肌肉之后，会不会显得我太胖啊，手臂不能太粗，太粗了血管都要暴出来的样子，不好看，小腿也是，小腿大而不壮是最好的，胸部呢，大一点没关系，但是没有胸毛又少了几分性感，真不知道怎么办啊！（当然后来证明这些问题和我小时候一直很纠结到底考清华还是北大的本质是一样。）

不过我健身有一个目的，就是在我终成倒三角（就是胸部和腹部练成了一个倒三角的形状），我要把自己的半裸肌肉照印在 T 恤上，和女儿出门的时候让她穿上，T 恤上还要写着“This is my Dad”，看那些不知死活的家伙还敢不敢靠近我女儿！（虽然孩子还没出生，根本不知道是男是女……）

作为一个严谨的人，在做出那个掷地有声的决定之前，我是认真观察过沙坡尾的爸爸们的。沙坡尾是厦门的一个老渔港，住在这里的大部分都是老厦门人，虽然这两年进驻了一些文艺铺子，但是老渔港的味道却一点也没有消退，他们可以一整天一整天地坐在自己店铺的门口，三五成群地泡茶闲聊，早市上多是讲着闽南语的讨价还价的阿嬷阿伯，有时候你一张口，他们就会用蹩脚的普通话和你打声招呼然后把新鲜的蔬菜或者海鲜推荐给你。因为沙坡尾靠海，午后的海边也常常有家长带着宝宝出来散步，但是大多数也是赋闲的爷爷奶奶、阿伯大妈，即使看见几个少有的年轻父母，也都是悠闲瘦弱的样子，所以我每次跑完步，迎着海浪，风一吹我的发我就有一种明天我就能荣登沙坡尾第一帅气爸爸的自信飘扬起来！有时候跑步给自己打气的方式是朝着海面大喊一声："谁——是——沙——坡——尾——最——帅——的——爸——爸？"身边各式各样的游客齐齐转头过来注视我的时候，我就感觉他们炽热的目光锁定了这个问题的答案，我便更加坚定地往前跑去，心里想着，要尽快离开这个丢脸的地方啊！

当然除了跑步之外，下一步就是进健身房实践理论的时候了。临行那天我梳好了发型，和要要吃了一顿好吃的糖醋排骨、水煮肉片、回锅肉、青椒五花肉、虾仁丸子汤、炝炒空心菜之后便踏上去健身的征途。在路上我告诉自己，我是来举铁的，我是来练倒三角的，我不接受任何人的搭讪，不要和工作人员闲聊，不要看电视，手机也不要玩，就算要要这个时候给我发性感睡衣照也要不管不顾，绝对不听他们营销人员的忽悠，绝对不再请私教……还没对自己说完，就走到了健身房门口，健身房太他妈近了，下次心理建设的腹稿要删减一些内容了，我这样对自己说道。然后握了握拳头，径直走了进去。

一切都很顺利，果然没有人来和我搭讪，我走到哑铃区，拿起两个趁手的哑铃就做起侧平举来："一二三四五六七八，二二三四五六七八，三二三四五六七八，四二……"我第四个八拍还没喊完，我旁边两个在练卧推和负重深蹲的壮汉艰难地放下器械一起围过来对我说："嘿，朋友，你可以不要喊节奏吗，你这样很容易打乱我们的呼吸节拍你知道吗！"……

自那之后，我的健身房之路，走得又成熟了一些。

当然为了做一个最帅的爸爸，做地域性的详细市调和跑步健身，显然还不够。还有很重要的一项：发型。在北京的时候因为懒得打理，头发已经长到得用发箍箍起来的程度。为了让豌豆出生之后不那么轻易地揪住我的头发不放，我决定理发。第一个选项本来是检验帅哥的板寸，我在懵懂的大学时期抱着莫名的自信剪过一次，当时为了耍帅还从师傅手中拿过推子，自己对着镜子一推一推地推光，当时站在镜子前久久挪不动步，总结出一点，大头帅哥真的不适合板寸。所以板寸这个选项 pass。下一个是刘海，并带一点轻微的蓬松，但是就得烫，我抽烟喝酒，但是不爱烫头，只得也 pass。直到我坐在村口老王家（沙坡尾一剪梅）的理发椅上的时候，还没有想好要理什么发型。“帅哥要怎么剪？”老王（一个五十多岁的大婶）一句天问问住了我。我把从《奇葩说》的说话技巧中学到的理论在此处实践，如果一个问题你不知道怎么回答，那你就将问题抛回给对方，看对方怎么接，根据对方的回答来引导自己的思考，这样也能得出自己想要的答案。于是我反问道：“您觉得什么发型适合我呢？”

“板寸吧？”

“板寸不适合大头帅哥啊！”

“那剪个刘海，很适合你们这种年轻人。”

“也不行，我头发太软，留刘海就得烫，但是我又不想烫头。”

“那你想怎么剪？”

老王根本没有引导我思考啊！根本没有得到自己想要的答案啊！说话技巧都是骗人的啊！我到底要剪什么发型啊！在心中咆哮完之后，我微笑着和老王说，剪短点儿。

生活告诉我一个道理，爸爸不好当，最帅的爸爸更不好当啊！

CHAPTER 05

陪伴是最好的「支持」

今日菜单
Today's Menu

虾饺、丝瓜汤

做法
Skill

虾仁、猪肉粒、冬笋丁、盐、香油、生粉放入碗中调匀，澄面和淀粉混合后用开水调匀揉好，包成虾饺入蒸锅蒸熟，晶莹可爱，美得很美得很呐。

五十块 —— *by WU SHI KUAI*

那个时候我刚刚从温州回到北京，行李还立在门口，鞋上残留的冰踩在木地板上发出唧唧的声音，我哈着气，对于从南到北后享受到的暖气还有一丝突如其来的介入感。我和要要好好地拥抱了好几秒，然后两个人就瘫坐在沙发上互相聊着对方各自独处的这几天发生了什么趣事。还没说几句，要要就直起身子看着我说，五十块，我想和你说一件事。我说，你说啊！她说，我怀孕了。说完之后有些战战兢兢地看着我，好像在等待我批准这件事情的发生。

听她说完，我第一时间有点蒙，各种思绪搅乱在一起。首先，我是很想要一个宝宝的，甚至从很早的时候起我就自私地计划如果有一天我的女朋友怀了我的孩子，就算女孩不和我结婚，我也想要她把孩子留下，因为我不想错过和她（他）遇见的机会。那个时候多的是理想主义爱情至上的荷尔蒙，也并不管我可能还只是一个学生，要如何养活一个孩子的问题。在要要怀孕之前她也有几次疑似怀孕的时候，我当时抱着惴惴的心态，想过要是真的有了也好啊，我们好好和她（他）一起长大，教她（他）读书、写字、打鼓，一起出去浪；但另一方面我已经不像那时候那么不谙世事，会开始考虑收入、时机和我们现在的状态有没有做好当父母的准备这些很像逃避的现实问题。这些所有的考虑都在每次没问题之后就结束了，像散乱的毛球被装进黑色的盒子，问题没有解决，但是还不到解决的时候。现在盒子没了，她和肚子里的孩子在等着我的回答。

这些思绪在瞬间发生，又在瞬间戛然而止。我抬头看见要要期盼的眼神，下意识地伸手穿过她的 T 恤，顺时针慢慢地轻轻地摸着她的暖暖的肚皮，她呼吸的节奏让肚皮有韵律地一上一下地动着，我忽然觉得我们之间多了一层说不清楚的联结，那个调皮的小鬼甚至还是一颗受精卵，我就已经下定决心这辈子都会不屈意志地把我所有的爱给她（他）和她（他）的妈妈了。

和你爱的人生一个小孩儿，还有什么比这个更酷的事呢。我坐起来抱着要要，嘬嘬她的脸又去嘬嘬她的肚皮，眉眼大开地问她什么时候的事，是哪一次哪一颗厉害的精子，我们必须得把那天裱起来当作你的孕前纪念日。听见我这么说，她的眼神才安心下来，整个人放松地抱紧我，然后从抽屉里把验孕棒拿给我看，一个、两个、三个、四个样式各异的验孕棒整齐地排成一列。我笑她，逗她说为什么那么多，难道我有了四个孩子？她也为自己的行为憋不住笑，说自己测的时候又紧张又害怕，测了一次又怕不准，于是下楼买了一个贵一点的上来再测测看，然后又担心不准，又下楼，最后把楼下最贵的验孕棒都买了，结果都是两条杠，才相信自己一定是真的怀孕了。我想在电话里也讲不清楚，要当面和你说。我就在家等啊等啊，北京的雪都下了好几天。现在你回来啦，我终于可以亲口告诉你，我们要有自己的孩子啦！

我说是啊是啊！你以后被我逗得开心，就真的要捧腹大笑了！

我半跪下来，牵起她的左手抬头看着她的时候，要要的眼圈已经红了。我把另一只手放在她的肚皮上说，那么，我们真的要赶紧去结婚了。好在她早就答应过我的求婚，不用担心她中途带着宝宝弃我而去。要要假装抱着肚子做了一个捧腹大笑的样子，老娘终于等到了这一天，哈哈哈哈哈哈哈哈（一阵杠铃般的笑声）。然后拎起我把我抱住，说结婚吧结婚吧，然后哭得稀里哗啦。

有孩子这件事对于要要来说，是一件奢侈的事，她没想过自己能结婚，更别说想过能有自己的小孩。我遇见她的时候，她是那个在网络上写萧红的命运时红了眼、写孤独的美食时暖了胃、写平凡的爱情时让人觉得安心的夏日少女，但现实中的她还处在从病痛中恢复，慢慢学着和那些痛苦相处的阶段。自卑得要命，觉得自己不会再有人爱了，尽管她有很多朋友，大家都觉得她可爱得要死，才华不仅横溢还纵溢，向各个方向溢。但她总是孤独，觉得自己一直倒霉，什么样的好事都不会轮得到她。直到我们在一起，一起做那些她觉得总是倒霉、总是轮不到自己的平凡的好事，不过就是一起逛逛超市，买点好吃的泡面和两条洗头用的毛巾，走在柔软的沙滩上吹着咸咸的海风，坐在路边喝几瓶虎牌啤酒，肆无忌惮地吃一晚上烤串，去动物园看睡着的胖达，走错路，上了一班逆向的公交，不小心摔了一个狗吃屎……

这些小事，两个人一起做的时候，就变成了需要积攒运气才能做的不普通的好事了。现在好了，我们三个人一起，得做更多的让好运一直累加的好事了。

要要成功地成为了一名孕妇。确切地说要要成功地成为了一名厦门的孕妇。从北京到厦门的决定没多久就做出了，我们一致认为北京的空气太差，我们的宝宝应该像她妈妈一样是一个可爱美丽的夏日女孩儿。夏天应该不是吃着冰激凌在沙滩上奔跑就是骑着冲浪

SAN-MING-ZHI

板在海里游泳，而不是在家里开着空气净化器在窗口看着楼下戴着口罩的叔叔阿姨匆匆忙忙地走来走去。

要要本身也是一个对空气非常敏感的人。有一次北京大雾霾天，她刚出地铁站就因为雾霾差点哮喘，难受地大吸了几口气之后更加难受了，于是难受得在地铁口大哭起来。直到她拿起手机给我打电话说自己在哪儿的时候，她依然蹲在原地动弹不得。当我赶到的时候她还在抽泣，我抱过她，说我们回家。那个时候其实就已经埋了要离开北京的种子。

我们很快都辞了工作，把整个家整整齐齐地收好打包，然后交给物流，家里的猫也在打过疫苗之后先坐飞机回了厦门。

我们俩收拾完最后的两个随身行李之后躺倒在沙发上，看着眼前空荡荡的家，时钟、电视、摆件留下的印，想起在北京的种种，有一些怀念与庆幸，统统都留在了这套我们一起生活过的一居室里。即将离去的伤感被眼前的前所未有的巨大的未知幸福淹没了。

陪伴是最好的支持吗？陪伴是最好的爱。

CHAPTER 06

「取名字」太难啦

今日菜单
Today's Menu

牛油果烤蛋、牛奶

做法
Skill

牛油果对半剖开，
打一只鸡蛋，
进烤箱烤五六分钟，
蛋黄还是溏心的，
磨了一点黑胡椒爆香！
嗝儿！

蔡要要 —— *by CAI YAO YAO*

N I U - Y O U - G U O
K A O - D A N

自从有了孩子，每天都冒在脑海里的一个问题就是，到底要给孩子取什么名字。五十块姓邵，于是我们的老板第一个提出了建议：邵林寺。他非常得意地说，还有什么比邵林寺更朗朗上口的名字呢。

于是公司的同事们迅速展开了取名大赛，其中包括但不限于邵男、邵女、邵东家、邵奶奶、邵不更事、邵家子弟等一系列绝对不可能使用的名字。我和五十块心如死灰，因为要知道我是一个会给小说男主角取名叫陈大刚的取名无能患者。

大概是想不出好名字了。我们也想过要取一些浪漫唯美的名字，但是每当翻开字典，就觉得每个字都无法形成一个好听的组合，出来的都是类似于邵大美、邵小美、邵大帅、邵小帅、邵阿花、邵小树这样的极度不负责任的名字。

这时压垮骆驼的最后一根稻草也来了，我有个朋友姓林，他们决定给自己的孩子取名叫作林中小路。五十块嫉妒得要炸了，怎么会有这么好听的名字呢，而我们这对失败的爸妈还啥也想不出来。

我有天灵机一动，对五十块说，你觉得叫邵小离家怎么样？丧失了理智的五十块居然觉得很不错，他兴奋地表示，这个名字太棒了，以后我们的宝宝要是离家出走，我们还可以语重心长地说，你走走也就算了，千万不要少小离家老大回啊！

但是试问又有哪对父母希望孩子离家出走呢？所以这个名字也被否决了。我们愁白了头，翻了《楚辞》和《诗经》，也没有任何灵感。五十块绝望极了，他每天睡前都要对我说，等孩子一出生就会嘲笑父母，因为我们连一个像样的名字都想不出来。他甚至建议，不如不要姓邵，我们另辟蹊径选一个好取名的姓，比如姓林，你觉得怎么样？我只能安慰五十块说，我对换一个姓没有任何意见，但是他的爸爸应该是不同意的。

所以必须姓邵。我在想名字想得涣散的情况下，对五十块说，就叫邵一吧，极简主义总是不会出错的。

五十块沉吟了一会儿，似乎是觉得这样会不会被孩子认为我们太省事了，但是最后他还是一拍大腿果断决定，就是邵一了。他自信地说，我已经想通了取名的诀窍，就是不要管孩子的感受，只要父母爽就可以了！等孩子大了一定会明白我们的苦心的！

我们终于舒了一口气，毕竟让自己爽还是要容易一点的。至于孩子的感受，就以后再说吧！

CHAPTER

07

真的不要「再吐了」

今日菜单

Today's Menu

吐的啥也不想吃了。

蔡要要 by CAI YAO YAO

孕吐这个东西，我之前是轻敌了。

刚开始只是早上起来有点恶心，我还能大口吃着核桃，对五十块抱怨说：我还指望能胃口差一点，怀孕变减肥呢。五十块看着我一下子就消灭了一小罐核桃，只能无奈地劝我，虽然不能减肥，但是也不要肆无忌惮地吃啊。

我当然没有听他的，心中暗自得意的是自己可能真的就是那种幸运儿体质，对，怀孕也不会吐，电视剧里肯定都是骗人的！哪有那么夸张，我不过只是早上起来刷牙的时候会干呕一下，平时还不都是吃嘛嘛香。早上起来我能吃四个煎包两个茶叶蛋外加一杯红豆粥，到了中午又饿得嗷嗷叫，需要大步奔回家吃掉两碗大米饭，晚餐在五十块声泪俱下的劝阻下我克制了一点，但是也是妥妥一碗满满的鸡汤面。到了晚上睡前，我还会忍不住爬起来，站在冰箱前，用极强的意志力克制自己不要再喝一罐儿酸奶做宵夜。

我天真地想，我这么一个爱吃之人，上天一定会怜悯我，把孕期当作赐予我的肆无忌惮开怀大吃的假期。

但是！忽然一天早上起来，我发现，我就开始孕吐了。先是无休止地反胃，什么早饭午饭晚饭，只要是吃的端到我面前，我就会想吐。本来每天早上起来还可以活蹦乱跳地去厨房煎荷包蛋，现在闻见隔壁家炒菜的油烟味我都胃里一阵翻江倒海。很快我就倒下了，瘫死在床上动弹不得，五十块一会儿端给我一点稀粥，一会儿又拿进来一个苹果，问我能不能吃一点，我都只能挥挥手，虚弱地对他说，臣妾做不到啊！

我幻想这么躺几天可能孕吐就能过去，结果比反胃更严重的是无休止地大吐，只要我吃一口东西，哪怕喝一口清水，我都会吐个半死。那一段日子我只要回想起来就会浑身颤抖，这辈子哪怕减肥的时候，也没有饿到这个程度，真正地做到了水米不进，吃什么，就会原样吐出来。五十块也急坏了，可也没有什么办法，他只能坐在我旁边，看着我嘴角挂着一点口水，要死不活地呻吟着，我饿，我好饿，但是我又好想吐啊……

人，就是这么崩溃的。

终于在某个下着雨的下午，我终于饿到站不稳了，在上厕所的时候我哀号起来，老公，我要饿昏了！五十块不得不赶紧带着我去医院，医生责怪我们为什么不早点来，原来现在医学昌明先进了，孕吐这种事儿，医生也有的是办法。而且因为孕吐太久不吃东西，还会影响宝宝的健康。

在医院愉悦地（并不）吊了三天挂瓶之后，我虽然还是会时不时感觉到一阵来自胃部最深处的颤抖，但已经可以恢复进食了。我拉着五十块去吃我特别喜欢吃的一家砂锅米粉，里面加了猪肝、鱿鱼、牛肉丸和油豆腐，热气腾腾地一大锅端上来，一看就让人心里抖动。趁热加一点红葱油和香醋，真是让人胃口大开，我吃着吃着眼泪就掉下来，五十块赶紧问我："怎么了，是不是又很想吐啊？"

我一边嘴巴不停地吸溜着米粉，一边哭着说："太好吃了，我吃得好饱、好幸福啊。能不吐，真是世界上最快乐的事情！"

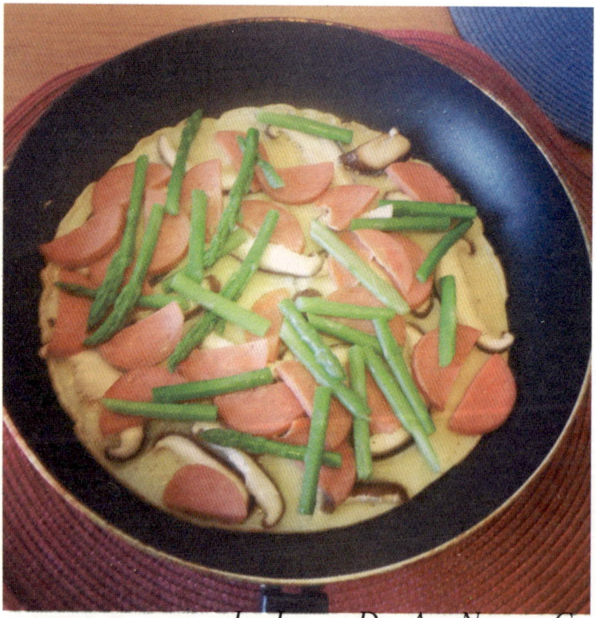

JI - DAN - GENG

CHAPTER 08

顺产是一种什么「体验」

今日菜单
Today's Menu

女儿甜甜的笑
（其实是月子中心提供的猪肝粥）

蔡要要 —— by CAI YAO YAO

11月3号顺产，没有上无痛。顺利生下一个女儿，趁着记忆新鲜，赶紧来记录一下。

第一层：真的不是很痛，连哼都不用哼。

2号晚上十一点多开始阵痛，一开始只是小腹有一点点钝钝的痛感，没有规律，大概十多分钟疼一次，和痛经有点像，这个痛感真的很轻，时间持续了大概两小时，这期间我还可以拿着手机刷淘宝什么的……

此刻的我内心非常淡定……觉得这种疼痛真的算什么嘛……根本不影响我的帅气。我仍旧是厦门最有活力的孕妇。

第二层：有一点点痛，到达需要皱眉的程度。

3号凌晨两点左右，阵痛开始缩短，大概五分钟左右发作一次。医生给我的手册上说如果阵痛缩短到五分钟左右一次的时候可以去医院了。于是我喊醒老公和我妈妈，东西早就收拾好了，我们穿上衣服就去了妇幼。

此刻的我内心有一点点激动，然后疼痛感开始增加，但也就是普通便秘时候的那种痛感。掩盖疼痛的更多是有一种“啊，此刻的我马上要上战场啦”的兴奋。

第三层：需要靠呼吸来调节，但仍旧只是偶尔轻哼两下的程度。

3号凌晨四点左右到了妇幼后，医生给我测了胎心、检查了宫口，结果才开到一指多一点，于是吩咐我去产房休息，说等下到了八点看看要不要安排人工破水。我觉得躺在产床上不舒服，于是就在小客厅的沙发上躺下，大概阵痛缩短到四分钟不到就会来一次，每次持续三十秒左右，程度大概像有人揍了小腹一拳那么痛，疼起来的时候需要注意呼吸，会缓解一点点。

此刻的我已经偶尔会发出一两声轻哼了，但还是一个正常的样子，可以自己起来上厕所、喝水，到六点的时候我实在是睡不着还用手机更新了一段新文……大概一千字……

第四层：阵痛开始慢慢密集起来，痛感延长，但程度还可以接受。

慢慢地天亮了，阵痛间隔时间也开始越来越短，大概三分钟不到就会发作一次，我有一点点需要咬着牙才能不叫出来，其间护理端来早餐，我妈妈喊我吃一点，说怕等下没有力气，我根本没有心思吃饭了，硬撑着坐起来吃了几口粥和水饺。小腹的痛感开始加剧，和最猛烈的痛经类似，我人已经开始蜷缩起来，呼吸法似乎也不管用了，缓解的程度相当有限。

此刻的我已经开始疼得冒汗，眉头时刻是皱着的，也不想说话了，感觉非常涣散，整个人的意识都集中在小腹，但还没有达到需要喊叫的地步，尚可以维持尊严。

第五层：人工破水之后，我整个人都崩溃了。

3号上午八点，医生过来检查了一下，决定人工破水，九点钟羊水破，九点十分的时候，一大波痛感袭来了。阵痛间隔缩短到半分钟一次，痛感猛烈地加剧，感觉整个小腹那一圈的腰部被大锤狠狠地碾碎了，我开始不停地哼哼，每疼一次，浑身就和洗澡一样湿透一次，我在床上不停地扭动，但什么也缓解不了。紧紧地抓住栏杆，但根本无济于事。我脑子里只有一个大字：疼。

此刻的我真的要崩溃了，疼得太密集了，什么事情都无法思考，只有疼，无法回微信、无法和人正常交谈、无法思考任何事情，唯一的想法就是他妈的啥时候生啊！！！

第六层：老子真的不生了！拉我去剖腹产！

这么密集的阵痛持续了一个小时后，医生进来检查宫口，告诉我，还只开到两指。我颤抖着问，一般从两指开到十指需要多久。医生微笑着告诉我，这个不好说，大部分人需要四至八小时吧。

什么！！！！八小时！！！！！

Are！ You！ Kidding！ Me！！！！！！

你意思是等于被人拿着大锤子不间断地砸八小时！！你意思是

等于被人用棒球棍抡你小腹抡八小时！！你意思是蹲在马桶上八小时也解不出一泡有史以来最硬的屎！！！！！

我疯了。

本来还克制着想不要大喊大叫要节约体力，此刻根本不管了，大吼我不生了！让我去剖腹产！！！

医生非常冷静地说，那让你老公去签字。于是我老公去签剖腹产同意单，其中有一项是剖腹产原因，给出的范本上写的是难产，我老公问医生那我们填什么呢，医生冷漠地说，你就写“疼”吧……

我老公的内心也是崩溃的……

但是剖腹产不是说剖就可以剖的……

还得等手术室空出来才可以……

医生过来说，哎呀，自己生吧。你要是愿意自己生，我们有很多办法的！

我摇摇头，不，我要剖腹。

医生又说，剖腹产恢复很麻烦的。

我摇摇头，不，我要剖腹。

医生不死心地还说，要不我帮你看看现在开到几指了。结果她一检查，发现居然开到了六指。

医生冷酷地说，你现在要是下去，可能会生在手术台上哦，这样你就会沦为全妇幼的笑柄！！！！

笑柄……

我怎么了，我不就是生个孩子我还要沦为笑柄……

我终于哭了出来，全面崩溃地喊道：我自己生，我不剖了……

医生顿时大喜，不知道从哪儿找出一个巨大的球，让我坐在上面颠，我已经毫无力气，被医生和我妈拖着坐在上面颠了二十分钟之后，一阵想要拉屉屉的感觉猛烈地袭来，我哭丧着脸说，医生，我要拉屉屉……

医生赶紧喊我躺回床上，让我用力，一检查，十指已经开全了！

此刻的我，终于要生了！！！！要生了！！！要生了！！！

我妈赶紧跑进来给我灌了一瓶红牛，让我为自己加油！（其实是补充体能啦……）

第七层：终于进入最后的生产阶段了，这辈子也没这么拼过！

十指开全，一下子拥来了五个医生和助产护士把我团团围住，告诉我怎么用力、怎么呼吸。说真的，此刻心思完全都只想着如何在阵痛来的时候拼尽全力，根本已经感受不到痛意了。我一共在生产阶段耗费了半小时，侧切了，但这个阶段的疼痛我觉得是可以忍受的，因为注意力根本不在疼上面了，只想赶紧把孩子生出来。最后一次用力的时候，医生按着我的肚子，我配合她一起使劲，顿时感觉下身一阵稀里哗啦，孩子终于生出来了！！

是一个女儿，美炸了。

顿时觉得那一刻，什么疼都值了。

医生说，哇，是双眼皮呢。我有气无力地说，是啊，我也是双眼皮，和她一样美。

（医生都不知道说什么好……）

此刻的我真的觉得生产的时候一定要配合医生用力，这个阶段只要你全心放在生孩子这件事上，疼痛真的不算一回事了。对，我还是这么帅气。

第八层：不打麻药缝针也真的是醉了。

接下来还要按着肚子排出胎盘，然后就是缝针。我的痛感已经都麻木了，也没打麻药，就是硬缝，我不时哎哟一下，医生说你在哭吗？我迟缓地说，我是疼得哭笑不得……

这个过程觉得特别漫长，因为很想马上结束，宝宝被洗干净抱过来，居然是睁着眼睛的，太好看了。

此刻的我，只想哈哈哈哈哈哈哈哈哈哈哈哈说我终于生完啦！！！！！

M I - F A N

CHAPTER 09

「一封信」写给小豌豆的

今日菜单
Today's Menu

红糖荷包蛋

做法
Skill

倒一碗水，
烧开后将红糖、红枣、生姜片、枸杞倒入锅中先焖煮一会儿，
让其出味，
然后打一个荷包蛋，
煮得嫩嫩的，
啊，真甜呐。

五十块 —— *by WU SHI KUAI*

我想了很久都没想好应该怎么开始写这封信。就好像小学时候写命题作文，我的爸爸，我的妈妈，写生命中最亲近的人，总是最难的。一提笔的时候，脑海中闪过无数的画面：我坐在木椅上看着我爸用木锯锯木头给我做零钱箱；我妈把一碗做好的面放到我面前，我盯着电视，腾腾的热气模糊了画面；我爸骑着摩托车载着我在水库边兜风；我妈抱着我在超市买东西……

好像每一帧都意义非凡，慢慢播放的时候，又发现都是生活中最平凡的画面。我们当时觉得的伟大，随着年龄的增长，经验见识也被时间拖着或主动或被动地丰富着。我们也开始能做到画面中的事情，画面中的第一次在之后又被重复了一遍又一遍，我们以前称之为的伟大，慢慢地平凡下来。

所以要给你写这封信的时候，我是有点胆怯的。我变成了画面中的爸爸，我记录下你的许多第一次：第一次笑、第一次伸手要拥抱我、第一次因为饿而哭得撕心裂肺、第一次发出一个音、第一次在我的肩膀上睡着、第一次翻身……

这些第一次终于被重复，那时候的惊喜被你熟练的重复所代替的时候，我确实体会到了一点做爸爸的感觉。

你妈每天在看不见的时间里，最爱说的一句话就是：“她怎么那么可爱啊！”有一次我无聊地数了她一天内说这句话的次数，二百一十七次。打开手机的时候，不小心看到你的照片的时候，用微信不小心看到我头像（是你的照片）的时候，手机充电连上电脑照片数据显示出来的时候……

她无时无刻不在想念你。就像她之前想念我一样。我不烦她的问题，反而想出了许多种回答这个问题的方法，你想想，你爸妈是不是也有够无聊的，不过也因此想你这件事，有了千千万万种可爱解释。

每天回家的第一句一定是问你：“谁回来啦！”你当然也不能回答，这句话之于我们，更像是那千万种解释汇成的一句话，就是我们回家啦。就站在你面前，而且马上要抱你、亲你，举起双手把你荡起来，逗你吃脚，弄乱你的发型，陪你照镜子，让你坐着摇篮对你做鬼脸，听你笑然后哈哈大笑，哄你睡然后看你口水情不自禁流下来……

做完这些我和你妈就会坐在沙发上，有时候还会重复一遍那个问题：“她怎么那么可爱啊！”等我回答之后，你妈才会心满意足地确定这一切如此真实，然后聊点其他的你的小进步。虽然说好不会把你和其他小孩做对比,但是总是忍不住讲起我们自己的小时候，谈起当年，也都是甘拜你下风的，有时候我们俩争论起来，也是把你作为 top1 排除掉，两个大人争抢起家里的某某第二。和你妈妈谈恋爱之后，我夸奖别人的极限就是说你是某某第二，因为你妈妈在我心中总是第一。现在呢，哈哈。

你也总会回应我们，你笑。你每次都很开心地笑。你看向我们，咧开嘴笑，我们拍拍双手再呈现双手张开状，你也就会从外婆怀里张开双手回应我们，朝着我们的方向直直想要扑过来。我亲爱的宝贝。

有了你以后我和你妈就得了一种奇怪的病，叫作亲吻超常频繁综合征。症状就是，非常、非常、非常爱亲你，每天嘴唇可能要接触你的皮肤一百万次，就像在实行古老国度的某种隆重的敬礼，我们爱你，所以我们超爱吻你。以后你如果叛逆的话，很可能会说“你们根本不了解我”这种话，我们就可以理直气壮地对你说，嘿，小孩，我们亲过你的次数比你吃过的盐还多，我会不了解你！然后看你气得直打转，想想就很好笑。

我们也想让你成为一个开心的小孩。健康最重要。以前我爸妈说“希望你健康快乐地长大”的时候，我就问，就这样？没有其他希望了？我爸嗤我一声，就这样就已经很厉害啦！如果长大是个动词，我并没有一直保持健康快乐，我也经历跌跌撞撞、流泪和醉倒。但如果长大是个名词，那我现在确实已经长大，而且健康，且很快乐。我的快乐，很大一部分源自于你。我想我爸当时的感受，也一定是这样的吧。所以你也要很厉害的，就这样的长大哦。

告诉你一个秘密，爸爸偷偷写了一本豌豆密札，这里面记载了很多关于我们的事，当然既然是密札，也一定有很多其他人不希望记录下来的事情，比如我们给你取了不下一百个外号，外号基本上是日更，有时候是半日更，所以有时候你听到一些陌生又熟悉的名字的时候，很可能就是我们当年给你取的外号！比如你妈妈曾经在家里放屁了然后冤枉是你放的，欺负你不会说话以及不明白屁是什么……

比如我把裤子戴你头上给你拍了很多古怪的照片；比如我常常要求你大方一点给我尝尝你最爱吃的手和脚，你的左手食指和右脚大脚趾味道很不错，你很有品位；比如我和你妈妈因为你被自己拉的屎臭哭之后笑了你很久，觉得你真是太可爱了（这是千万个我回答你妈你可爱的有力理由之一）；比如我们分别在你的不同年龄段埋了各种不同的梗，当你印着年龄迎面撞上它们的时候，我们就得拿出来好好笑一笑……

希望这本密札带着黑历史陪伴你成长，哈哈。

有了你之后我有了一个梦想，就是成为儿童语言翻译。可以听懂你们小孩儿的呀呀语，和你们无障碍地流畅交流。比如我们的对话如下：

你（我听到的）：爹，我拉了，快换尿片，虽然暖暖的，但我是个爱干净的人啊！

你妈听到的：咿咿呀呀，哇哇哇哇，啊啊啊啊啊。

你（我听到的）：爹，饿了啊，每次都让我说你，到点了奶头就得准备好了嘛。

你妈听到的：哇哇哇哇哇哇哇哇。

你（我听到的）：爹，就这首就这首，最喜欢的就这首 Pony Tail，你可别给我切了。

你妈听到的：咿咿哇哇，啊啊啊啊哈哈哈哈。（附带手舞足蹈）

……

多么完美的梦想啊！

你们小孩啊，等你们长大了，学会了我们的语言，你们就会忘了呀呀语，因为你们有了更高效的语言，这种高成本的稚语自然没有人记得。于是我就成为了此门语言的老艺术家，我游走于各家各户，逗逗其他小孩，和他们聊天，听他们开心地抱怨自己的傻乎乎的爸妈，今天发现的新奇，看见的新颜色。我知道他们所有的秘密，但是我会保密，因为我是老艺术家啊！哈哈！

我总觉得你是一个时间旅行者。你每次睡醒，疲惫地睁开眼睛，眨巴几下对上焦看着眼前的我们，然后对着我们开心地笑，好像我们是你完美的作品一样。其实你每次睡着，都是回到过去了对不对。你是我和你妈从认识到结婚过程中的看似不经意间撮合我们最后走在一起的人对不对？那一晚卖酒给我，让我喝完之后可以鼓起勇气发信息表白的包子店老板；走在深夜的北京让我想要握紧你妈的手的那阵风；那个让我们顺利办到各种结婚证明的街道办事处的大妈；那个在你妈妈怀孕期间我去买菜总是多给我几棵的蔬菜摊老阿姨……我想那就是你。如果没有你，我们就不会在一起，我们不在一起，也就不会有你。一个完美的时间穿越循环。

谢谢你让我们在一起。我的宝贝。

爸爸

CHAPTER
10

「小食光」只因恋上

今日菜单
Today's Menu

橄榄油煎时蔬空心粉、
煎蛋、
牛奶

做法
Skill

橄榄油把杏鲍菇、西兰花、番茄一起炒熟，
然后倒入煮好的空心粉拌匀，
撒一点迷迭香，
和煎蛋牛奶一起吃，
会得到一个好晨光。

蔡要要 —— *by CAI YAO YAO*

吃，有时候是乡愁、欲望、温暖、安慰的全部。

风干的乡愁

每次过年前，家里就会做香肠。要提前很久去找乡下的农户订几副猪小肠，趁着热乎劲儿拿到自来水管下慢悠悠地冲洗干净。洗猪肠是一项大工程，必须细心和耐得住性子，把所有污秽物都处理干净，这样的肠衣才没有异味。妈妈会找出一个大盆，剁十斤猪腿肉，不是绞成馅儿，而是全部手剁成小小的肉粒，香肠咬起来就会有层次分明的口感。再拌上足足的白酒、盐巴、胡椒粉和糖，腌上好几天。接着就是灌香肠，把每一根肠衣都塞得胖胖的，足足做上一大盆。

做香肠是一个缓慢的过程，一点也不能着急，等灌好了馅，还得拿出去风干，屋檐下挂上满满的一排，每次经过抬起头就能看见。等香肠风干了，就可以开始熏了。每当熏香肠腊肉的时候，就像是小孩子的节日，家里会找来锯末、松树的枝干以及收集了一整个冬天的橘子皮做燃料，这样不至于火太大而熏焦了香肠。我们嬉笑着帮忙加柴，时不时地掀起烤炉上的旧棉被看看香肠是不是已经变了颜色，再围着烤炉唱歌奔跑。最妙的是等香肠熏好了，忙不迭地在还没灭的火堆里塞几只红薯。吃一只热腾腾的烤红薯，那一天才算过得圆满。

刚熏出来的香肠，妈妈会选一根最漂亮的拿来做晚饭，切得薄薄的，搁在米饭上一起蒸，饭好了，香肠也熟了，泛着油汪汪的光彩。我急不可耐地抓起一片塞进嘴巴，酒香、肉香，还有一点独特的柴火气息一起涌上来，这就是和过年一样的味道了。

后来无论到了哪里，我妈都会给我寄一些香肠，想家的时候总是切一段，蒸着吃或者炒来吃，好像这样乡愁就会淡一点，或者更浓。

无尽的思念

爱一个人和想吃一样东西的感情是一样的，抓心挠肝，辗转反侧，好像有一个邪恶的小人在脑海里不断地提醒你，那种感觉就是思念。

偶尔是甜蜜的，回忆起你们在一起的一点一滴，牵着手走过的大街小巷，一起看过的那部电影，把头埋在他的胸前，好像拥有的就是整个世界。想起吃黑森林蛋糕的时候也是这样，香浓的巧克力融化在舌尖，综合了奶油的馥郁能一下子把整颗心都填满，光是闭上眼睛回忆，就觉得有一种弥漫开来的幸福感。

当然也有苦涩，想他为何会离去，想他是不是已经忘记了自己。那种苦涩一点点地弥漫上来，想停止却由不得自己，就好像喝过的苦瓜排骨汤，喝下去是微微的苦涩，却还是止不住地一口口继续喝

PART - 4

请　和我们
一起　醒来

- 259

着，好像饮鸩止渴，全部都因为内心无法停止的思念。

食物和情感拥有惊人的相似度，都能带给我们满足、愉悦以及痛苦，爱上一个合适的人，就像吃到最好的食物，惊喜又幸福，而爱错了一个人，就像吃到糟糕的食物，什么感觉都不对。

但是只要思念还继续存在，我们就会一直爱，或一直寻找值得吃的食物。

雪落的温暖

其实温暖是一个很虚的概念，这只是一种内心的感觉，也许它并不存在，却惹得每个人都想拥有。

经过一条小小的巷子，有一个年迈的老爷爷推着一辆小小的三轮车在卖糖炒栗子，味道也许并不那么好，可就是想要买一小包。栗子的温度隔着牛皮纸包热热地传递到手心里，再小心地剥开外皮，露出里面金黄的栗子。一口吞下后，带着桂花香气的这股甜能从嘴里一直烫到心里。

中学的冬天去上学，临出门前，外婆总会忙不迭地端来一小碗煮得热热的甜酒鸡蛋，里面放了很多的糖，打上一个金黄的鸡蛋，飘着淡淡的酒香。外婆总是看着我一口气喝下去，再握握我的手，满意地说：“嗯，这下够暖了。”出门的时候，我咂吧一下嘴，酒酿的香气涌上来，一切都好得不得了。

和老公一起挤在沙发上看电影，外面的北风呜呜地响着，我们看一眼窗外，会很默契地一起建议去泡一盒方便面。两个人你一口我一口地吃起来，电影演的什么早就已经忘记了，可是那盒冒着热气的泡面记得非常清晰。

大多时候，食物带来的温暖会一直让你记住，像一个温暖的太阳。

贴心的安慰

失恋的时候人就变得特别能吃，好像内心有一块巨大的空洞，非食物不能填满。机械地吃着香草冰激凌，拿一个大勺，不停地挖出来放进嘴里，冰激凌是甜的，吃到嘴里，本来的苦涩就会被冲淡一些。或者吃薯条，慢慢地、一根根地吃，薯条外皮脆脆的，里面软软的，刚炸出来的油香配上酸甜的番茄酱，好像一直这么吃下去，什么不开心就都忘了。

TVB的电视剧里总有一个女主角在说：“做人呢，最要紧的就是开心。你饿不饿，我去煮碗面给你吃。”这并不是空穴来风，很多时候，觉得失落，觉得空虚，觉得被整个世界抛弃，你需要的只是食物。被食物安慰的感觉实在很好。食物是我们忠诚的朋友，它

KONG-XIN-FEN

从来不会离去，永远如此贴心，只要你去找它，它就会在那里，随时给你最大的支持。

有次被上司痛骂，站在人来人往的街头，感觉整个世界都充满恶意，去面包房买了一个刚出炉的甜甜圈，痛快地咬下去，那一刻才觉得踏实，熟悉的味道给了我力量，抹干眼泪又可以虎虎生风地上班去，因为我知道，至少食物是不会抛弃我的。

安慰我们的，有时候就只是那一句："要不要下碗面给你吃？"

我们用食物滋养胃与灵魂，感受它们给我们的力量，我想我会一直写和食物有关的文章，这可能是因为馋，也可能是因为需要这种强大又持续存在的安慰。

蔡要要的「做饭心经」

1

煮鲫鱼汤，两面煎黄后放姜丝、番茄块一起小火熬半小时，只需要盐巴和一点点胡椒粉调味，重点是可以加几只猪肚丸，汤会更鲜更浓郁，出锅前放几段小葱，淋一点点料酒，好喝到可以眉毛抖三抖。

2

发现蒸鸡蛋羹好吃的配料有：文蛤、鲜虾、瘦肉豆豉、咸蛋黄、皮蛋、干贝，一起剁碎。

3

用滚刀萝卜配筒骨一起烧，三颗八角，两颗草果，一小把花椒，老抽黄酒还有蚝油，高压锅压了十分钟，萝卜甜筒骨香，是快手菜里的冬日必备。

4

掰下新鲜玉米粒一小碗，然后半个胡萝卜半个土豆一个红灯笼椒切丁。入少许橄榄油，下土豆胡萝卜，翻炒一会儿倒入玉米和灯笼椒，放盐，快起锅的时候撒入黑胡椒和一点点生抽。这道菜好吃又方便，最喜欢做了！

5

吃到了特别美味的饺子。黄瓜擦丝拌上炒过的鸡蛋，加一点色拉油，不能煮，馅儿会太湿，用蒸锅蒸得白生生的，蘸生抽吃，超级清爽，能吃十几只哦。

6

酸豆角不只可以拿来炒肉泥，其实还有很多好搭配，可以炒鸡胗、腊肉、香肠、土豆丝、豆腐干、牛肉丝、虾仁、鱼杂、鸭肠……

主爱人类，所以创造酸豆角给我们！

7

把三文鱼和老豆腐都切一厘米见方的小块儿，三文鱼用热油煎香，几个面儿都要煎到金黄喔！盛出来放在旁边，下少许油，拍几颗大蒜头和老姜下锅煸香，下豆腐块略翻炒几下，倒入半罐啤酒，煮到开锅，将三文鱼倒入，加老抽和胡椒粉。转小火，焖五分钟。出锅前放一点芹菜叶子，齐活儿！

8

切几块姜片，四五颗枸杞，一勺米酒，斩四五块鸡肉一起放进炖盅，小火蒸上三四个小时，出锅后只需一小撮盐巴调味即可，鸡汤的浓郁、枸杞的甜、米酒的香搭配得刚刚好，晚上喝，能销魂。

9

想吃椒麻鸡，鸡胸肉加一点点料酒和姜片一起煮熟，放凉后手撕成条，加生抽、花椒油、油辣子、花生碎和香菜一起拌好。最后倒一杯冰得恰到好处的苏打水，里面放一整颗青柠，滴一点蜂蜜搅匀。

啊！舒爽！

10

麻辣香锅的底料我一般都自己炒，五片姜、四颗蒜、两颗八角、一小把花椒、八九个干辣椒、两勺郫县豆瓣、一勺干辣椒粉，热油下锅，用小火慢慢炒香后就是一份完美的麻辣香锅底料啦！！！

11

分享一个特别百搭的凉拌菜调汁：少许醋、少许生抽、少许白糖、少许香油、一点芝麻一起预先放在碗里，然后用青椒末和一大勺剁椒一起过热油，等油热后淋在刚刚的酱汁碗中，可以拿来拌任何凉拌菜，都很好吃！

12

自己手工包了一百个饺子，煮的时候加三次水，饺子白白胖胖，蘸料一勺醋一勺酱油三滴香油一勺辣子油，最后吃完再添一碗饺子汤，放一点点香菜末，记得留一个饺子馅儿在汤里搅散了咕噜噜一气喝下去，真是痛快极了！

13

中午做了老干妈小炒鸡，比外面的嫩，秘诀是鸡肉不要焯水而是用开水淋一下就好，作料只有姜丝、蒜子和老干妈，非常下饭！

14

剥了很多毛豆米，用小米椒和蒜粒先热油爆香，然后清炒到毛豆刚刚断生后加一勺水盖上锅盖焖软，最点睛的是记得加一点点诺邓火腿片同烧，毛豆的甜和火腿的鲜一起勾走了魂魄，恨不得多吃一碗米饭，才能对得起这美味。

15

早上起来煮面条，只放了一小勺猪油，味道就鲜美起来了，再加上葱花，面条更生动，最后端上桌的时候放几滴鲜酱油，也不要放别的佐料和浇头，只是好好地吃纯粹的面条，也挺有滋味的。

16

让妈妈带了雪里蕻来厦门，放一点点猪肉末和蒜末炝锅，等香味出来后再快速翻炒，不能加水不能盖锅盖，一定要大火快炒才好吃。最好加一勺红通通的剁椒，不但更有滋味，怡红快绿看起来也是赏心悦目。

17

早起拌皮蛋配白粥，皮蛋切得细细的一条条，拌上生抽、香醋、花椒油、姜丝，最后用热油炸上一点小米辣，吱吱地浇在皮蛋上，色美味香，有种一日之计在于晨的得意。

18

晚上要用空气炸锅炸小肋排，腌制的时候除了生抽、料酒、十三香外，还挤了大量的柠檬汁进去，现在炸好的排骨闻起来一点也不油腻，吃起来更是清爽！

19

好喝的自制奶茶一定要放两种奶，鲜奶和淡奶都需要，可以不放糖，奶里和茶里都有自己的甜味，我喜欢还加一把葡萄干，配上曲奇饼干，可以喝上一下午。

20

清炒了一颗西葫芦，只放一味盐巴，旺火一分钟出锅。清香中还有一点新鲜蔬菜自带的甜味，配上热腾腾的米饭，吃下去毫无负担。

21

剁了里脊做肉丸子，番茄用热油爆了再拿慢火炖出汁来，加了白胡椒粉提香，额外还在汤里点了几丝小榨菜丝，最后搅进鸡蛋液，一碗番茄榨菜肉丸鸡蛋汤喝下去，啊，好美味！

22

午饭买了两块豆腐，一块拿来两面小火煎成金黄，加青椒火腿片一起煨入味，点睛之笔是快出锅前加一勺单山蘸水辣，马上豆腐有了灵魂，生动活泼地促人吃掉一大碗米饭！买多的那块随手塞进冷冻层，等第二天取出切大块和土豆排骨一起炖一锅。先用大蒜姜片爆香，花椒桂皮增味，排骨微微过油，喷上一勺黄酒去腥，接着就是猛火乱炖。等到土豆绵软将碎、冻豆腐吸饱了汤汁的时候，放入几棵小油菜更添清爽。出锅后连肉带汤一起吃一大碗，实在是很过瘾的一顿好饭呐！

23

一勺菜籽油爆香三片薄姜片，鸡块入锅小火煎成两面黄，加入一杯米酒、一杯生抽、一小勺蚝油、一杯高汤，盖上盖子焖到收汁，放九层塔稍稍再煨一下，啊，一碗吃了想微笑的三杯鸡！

24

喜欢这么做苦瓜，拿腊肉丁和瘦肉末一起爆香后加入苦瓜快炒，炒到苦瓜微软放一勺蒸鱼豉油，蒸鱼豉油有一点微弱的甜味，正好能让苦瓜更爽口，出锅前才放盐，这样就不会太软烂而是脆生生的。

25

用鸡汤煮红薯粉丝，加一点葱花、一点火腿片，真真好吃得要死，鲜得嘴巴会笑，香得肚皮会跳。

26

这会儿的丝瓜好甜，什么也不需要放，只是加上蒜蓉清炒，再配一碗白饭和一只咸蛋，就是一顿好饭。

27

那天回家吃饭，小姨说拿豆豉和糟辣椒一起爆香后淋在切成细条的五花肉上再上锅蒸，肉下面铺了芋头仔，上桌前撒一点小葱花，哟，还真好吃呢。

28

用芦笋和青椒切了同样大小的小段儿拿来炒咸肉，芦笋嫩又甜，青椒微微辣，咸肉的油脂溢出来，让整盘菜提升了一个层级。最好是要再加一点咸蛋黄，那种微妙的混合感，会让你吃得哭起来。

29

又到了吃虾的时候，于是烧了三杯虾，倒一杯花生油加葱段姜丝爆香，倒入虾子翻炒几下，再加一杯黄酒、一杯生抽，焖个七八分钟，一揭开盖子，哎哟喂那个香哟！

30

拿培根和一点点肥肉炸出油脂，加上红椒丝一起炒香后放包菜一起炒，秘诀是包菜不要刀切，一定要手撕，加一点味极鲜和少许醋，很下饭呢！

31

紫菜炒饭也很好吃啊，先拿一点点五花肉炸得酥酥的，炸出来的油拿来炒鸡蛋，会更蓬松，然后切一点葱花，切一点火腿丝，出锅前把掰得碎碎的紫菜放进去，又鲜又香又不腻！

32

趁新鲜买了蕨菜，掐成小段后先用水焯一下去掉涩味，热油爆了蒜末，下切得薄薄的腊肉片煎到肥肉透明，这时候快速下蕨菜翻炒几下，再加一点辣椒粉和生抽，感觉有春天的味道！

33

最近迷上了炸豆皮，用一点点油炸一下，然后加水和鱼糕开始煮，快出锅了加盐和胡椒粉，真的既有豆浆的浓香，又有鱼糕的鲜味，好吃得要命！！！如果还想有点甜甜的味道，可加一点大白菜丝，也很赞！

34

市场里买了很肥的小鲍鱼回来和排骨一起炖汤，切几条细细的姜丝，泡了几朵花菇入汤增味，不知道喝下肚的时候会不会开心地笑出来。

35

烧了一条鲳鱼，放干紫苏和二荆条，酱油多放一点，连酒都没搁就很香很香。

36

煮番茄猪肝汤，顺手丢进去几棵小油菜，颜色好看汤又够味，秘诀是要放胡椒粉，出锅前搁一点点香油，特别暖胃又暖心。

37

腊肉炒之前一定要先清水煮一道，这样才不会又硬又死咸，拿大蒜叶子、黑豆豉、辣椒油一起大火快炒一通，下饭是再好不过了！

38

茄子和长豆角都用空气炸锅炸软，然后一起和蒜片、青椒爆炒，出锅前调一杯酱汁，混合了蒸鱼豉油、生抽、猪油渣，这是一道极品下饭菜。

39

龙利鱼片了薄片，加生粉蛋清抓一下，再买一包青花椒火锅底料，和青笋一起煮开了，再把鱼片放进去一滚，龙利鱼没有刺，这种火锅鱼吃起来，真的是太爽了！！！！

5 炖

买一只雄鱼头回来，在锅里两面煎一下，和老豆腐、香菇一起小火慢炖半小时，炖的汤色奶白，豆腐饱吸了鱼头的精华，满足地盛一大碗，过瘾。

6 焖

家里自己做的梅干菜，水发了切成碎末，和飞过水的排骨一起，加上酱油、两颗八角，一起丢入米中进电饭锅焖熟，好了之后加一点辣椒油，吃起来好满足呢。

7 煮

豆腐皮切成细细的丝，和鸡汤一起煮开，最好是能再切一点火腿丝和笋丝，鸡汤鲜美，火腿肥美，笋子甘美，而豆腐皮经过同煮，便吸进了万千精华滋味，更是美味至极啊。

8 烧

一块上好的牛腩，切麻将牌大小后过滚水去除血腥，放入一大勺剁细的豆瓣酱，一勺料酒，几块老姜，再来两颗八角一片桂皮几粒丁香，加上一碗水，一根切成滚刀块的萝卜，放入高压锅里烧二十来分钟，用来配一只温好的黄酒，不要太滋润哦。

9 拌

内酯豆腐切块，皮蛋捣碎，加上肉松、生抽、香油、老干妈，最好能再用球生菜切一点细细的丝垫在盘子底，这样口感会更丰富，更美味。

10 烤

鲈鱼先蒸过，再准备一个青柠，将一半柠檬挤汁，另一半切片，把姜丝、蒜蓉、小米椒碎与柠檬汁拌匀后浇在鱼身上，入烤箱烤十分钟，酸辣开胃。

11 煨

冬天的时候选一块筒骨，让师傅敲成大块儿，和粉粉的湖藕一起用一只紫砂小锅煨上，煨到筒骨的骨髓流出来，湖藕用筷子一戳就软掉后，再放一点青蒜苗叶子，可说是人间极品。

12 酸

花生炒出香味，在锅里蹦跶得起劲儿，这时候就可以倒入陈醋、盐，白糖，最后加一点点生抽，开小火，等烧开后放一点洋葱丁，酸甜可口，好吃。

13 甜

年糕切厚片煮到五六分熟，涂上一层鸡蛋液，下油锅炸到金黄，等凉一点后浇上蜂蜜和撒一点芝麻，一大口咬下去，外表脆，内软糯，好甜蜜啊！

14 苦

将咸蛋黄取出用勺子碾碎，苦瓜切薄片用淡盐水浸泡一会儿，锅里放一点猪油，把咸蛋黄炒至化开，倒入苦瓜翻炒一会儿，咸蛋包裹住微苦的苦瓜，很是奇妙。

15 辣

蛤蜊冲洗干净后沥干水备用，干辣椒切得碎碎，和蒜头、姜丝、花椒一起下油锅翻炒出香味后，把蛤蜊倒入，倒入啤酒和生抽，盖上锅盖焖一会儿，等蛤蜊全部开口后盛出，香辣无比，配冰啤酒完美。

16 咸

海盐与新鲜百里香一起放入炒锅小火焙热，将洗干净的大虾埋进盐巴中，露出一点点尾巴，等尾巴也变红之后关火再焖五分钟后就可以取出大吃了。

17 麻

鸡腿肉煮熟后手撕成条，拌上生抽、蒜蓉、红油，再铺上密密的一层青藤椒，把油烧得热热的，滋的一声倒下去，那种酥麻的感觉，吃起来嘴巴都会跳舞。

18 香

备一大块五花肉，用牙签把猪皮扎的都是小洞，然后抹上一点蜂蜜，再用酱油、黑胡椒、芝麻一起抹匀整块肉，然后铺在洋葱丝上，丢进烤箱烤四十分钟后，整个人都喜滋滋的。

19 鲜

羊排斩成小段，先用清水浸泡，再焯一道水，放进小砂锅里，配上姜片、薏米一起慢火炖汤，快出锅的时候，再加入冬瓜和花菇，能鲜得人眉毛都掉下来。

20 清

一捧嫩毛豆米，加上雪菜和东笋丁，素油微微焯过，加纯净水一起烧个七八分钟，这样的一道小菜，却能在嘴里碰出最清爽的味道，吃完清气不绝于口。

21 脆

青笋切小块儿，用盐巴、泡椒、白糖一起腌制一会儿，然后放进冰箱里冰镇一小时，青笋会又脆又爽口，带着一丝冰凉的辣气，好吃的不得了，佐白粥简直惊为天人。